Donato

Éléonore de Duve

Donato

RIEN DE COMMUN

domaine français

éditions corti

Nº d'édition : 2396

isbn 978-2-7143-1295-2

1

Genèse

La lumière faiblit, l'ombre se fera une place ; le jour perdra contre le noir cependant que l'aube l'emportera à nouveau sur l'anthracite et ainsi de suite jusqu'à la nuit. Tandis que personne n'en rendra plus compte, le clair-obscur et l'éclat, le feu et la pénombre lutteront pour l'air. Oui, vu d'en bas : le ciel se peint tout seul.

En ce moment : une pierre clavée dans la toiture se fendille, de la même façon qu'un morceau de cœur se désolidarise du cœur, et la miette arrachée tombe gravement, en vitesse dégringole et, emmenée par son élan vers le val, roule, roule, tourne, continue de s'effondrer, se couvre de quartiers microscopiques de débris, de poudre, avant de se désagréger sur la rocaille d'argent ton sur ton. Elle fait comme une idée de quelque chose, incertaine. Ou, pour l'instant donc, au commencement : informe et vide et antédiluvien, le soir émerge. Un gamin se repose là où il peut respirer le frais. Il est allongé sous le tout petit faîte des sarments des vignes. Il ne songe à rien. L'après-midi, ses doigts travailleurs, de fourmi minutieuse, ont arraché les pommes de la terre, rempli, empilé les paniers ; Donato a courbé l'échine, bas, tendu son corps dans la flexion, élargi les bras ; il a renâclé, craché des miettes, avec vigueur suinté dans la transpiration du jour. Les aigreurs du paysan ont ruisselé sur la récolte salutaire, lui et les biens de la nature se mélangent. Il a fallu : plonger les ongles dans la craie et gratter la tête châtaine, combler les mannes de la manne, sur le tapis lépreux du sol s'érafler les genoux, et charger le tombereau, et fouetter l'âne, et ranger la cargaison au fond de la grange, puis recommencer. Il a fallu : avec l'accord tacite du maître journalier, chaparder quelques victuailles, surtout un oignon juteux, et croquer celui-ci à la fin du labeur, imbiber ses lèvres, sa gorge du suc, assez doux exactement, fermer les yeux, enfin, fermer les yeux, attendre que survienne le calme (le blanc court du crépuscule). Donato a pu rallier ses muscles, alors se coucher, plaquer la gibbosité de sa joue, sa nuque, ses omoplates, son mollet gauche, les jambes roides courbatues, croisées, sur la caillasse – s'enraciner.

Des mains adolescentes, longues et intriquées, en fascines d'olivier, parsemées de callosités, cendrées de la poussière charriée, serrent un ventre asséché. En réalité, déjà la pulpe entière de Donato est noircie, frottée, fatiguée, boucanée. Le vent souffle tiède. Il soulève les perlettes du sol, les vrilles, des grappes tournoient, clignotent, autour du visage, créent des bavures, les étincelles. Et au milieu la narine inhale la pruine, en douce, elle murmure un ronflement.

Bientôt, le jeune homme gagnera la chaux du village ; il obliquera, à gauche à droite, on le perdra de vue bien sûr dans les ruelles circonflexes ; au centre de la place, bordée de logis blancs aux contrevents verts, ouverte et si jolie, il s'effacera ; il marquera un arrêt près de la boulangerie (voudra s'imprégner de la petite haleine de *foccacia* du petit fournil juste fermé, tant pis) ; il sifflotera un chant joyeux, lequel manquera d'appeler Cloe derrière les claires-voies ; dès longtemps Cloe a pris le départ, et ce n'est pas encore qu'elle épie son ami ambigu.

La tour de l'horloge sera le témoin, irrécusable et unique, du flottement du garçon.

À la maisonnette, autant que faire se peut, Donato se soûlera de la chicorée mitonnée par Lucia ; il prendra congé, repu, embrassera l'enfant mince et le bébé, appuiera son pouce sur leurs fronts par précaution, descendra l'allée de karst, déchirera les champs appauvris, rentrera aux trulli avec les grands, ceux qui restent. Pour l'heure : l'air qui plus tôt l'avait étourdi l'éveille. Il est tiédi, oui, il est revêche, acide, franc. Il exalte, amalgame le sable, les cheveux, le sel de la côte, comme un rêve si proche, le pollen des lauriers églantines, de l'espoir, et les minuscules avettes. La plus claire parmi elles, à la chitine épaisse et poilue, un peu folle, s'efforce à toutes ailes de résister à la main dissimulée. Et l'une s'interrompt sur une haute tige, usée, à l'abri, à quoi bon, et l'autre, très commune, imperturbable presque stoïque, sort la langue, aspire avec frénésie les corolles des plantes que la saison cruelle n'a pas déjà fermées. Ses facettes sont obturées, tandis qu'une dernière se laisse aller, suit le courant, est menée où, en diagonale. Chacune danse, tangue, à sa façon, c'est du pareil au chou. Leur geste permet le monde.

Quelques trémulations parcourent le nez, le menton droit, les épaules de Donato, dont les iris de tilleul papillotent, avant de se braquer sur les festons de pampres. La véraison est avancée : les grappes sont gorgées de chaleur, à peine mûres, grosses, partiellement brunes, je le crois, je l'espère ; j'aime à imaginer, dans leur écrin de calcaire, les fruits versicolores, de fluorine et de grenat. Ou : peut-être que le mildiou, cette année-là, dévaste les baies et qu'elles sont rincées ou qu'elles sont farcies de ces spores, de charbon, oui, par le fait d'une cause observable scientifiquement, le corps vide ou que sais-je, auquel cas mon grand-père reprendrait un peu de temps pour lui sous la frondaison d'un noyer, non, pourquoi pas d'un chêne de Troie, majestueux, et son regard dessillé coulerait dans la tendresse du vert et de l'or du bout des bois. Ou, oui, qu'en sais-je, que sais-je de Donato jeune, ici, à Cisternino.

Cependant, voilà, après la sieste, le gringalet se relève. Il appuie ses paumes sur la caillasse chauffée, gorgée des rayons qui s'éclipsent, a un instant perdu la tête – cette tête petite, organique et féconde, organique et féconde comme chacune l'est, en faiblesse, balle sur les côtés. Les yeux pétillent. Devant : la lumière imprécise, ce mirage des feuilles. Les tachetures dessinent des mouchettes, en essaim, les lucioles en contrepartie. Pour corriger l'instabilité, le garçon écarte les mains. Il semble une croix faussée, ou porter celle-ci, maladroite. Courbe, les orteils rétractés, il tangue, il danse. Il allonge les cils, on n'en voit rien. Il est parti. Ne pas tomber, avancer, ne pas tomber.

Avancer.

Remonter, regagner, être. Régner en maître chétif. Lucia, elle, gouvernerait la maisonnette opaline avec le plus grand soin. Dorénavant, ses tâches quotidiennes seraient exceptionnelles, faciles. Elle préparerait les repas, mélangerait parfois le blé, l'huile, de temps en temps un œuf, veillerait sur quelque marmot encore inutile, et prierait avec lui, pour lui, dans la douceur des lauses encorbellées. Sans ironie aucune, elle étrillerait les morceaux de roche et, munie d'un balai de sorgho, repousserait la poussière d'une récurrence impitoyable – « *fóre*, *fóre*, *tss* ». Lucia blanchirait les loques à la cendre, confectionnerait le savon, patienterait, filerait la laine ; elle nourrirait l'ânesse de paille en étiques fourchées ; les poules, le bâtard et la chèvre, quant à eux, récolteraient le gravier, les feuilles décidues. Pour renifler le ragoût, l'amertume du *rapini* aillé, baignant dans la graisse, on peut l'imaginer, le menu bétail impavide se risquerait à un tour à l'intérieur. Et le cuilleron rude de la louche comme un retour de bâton le poursuivrait. Immanquablement : « *Scetavinne*, vous ! Mauvaises billes ! » Alors la biquette sortirait de la cuisine, d'une patte nonchalante. Parmi les gallinacées, la plus svelte, cailloutée, le cou désaxé, la crête effondrée, se soucierait moins de l'attaque que d'une guigne. Seule la flamboyante, la grande acajou, craindrait en fait l'assaillante, hurlerait, le bec asséché, battrait des ailes de manière vive, se retournerait furtivement, à mesure qu'elle tendrait un tarse et puis l'autre, un tarse et puis l'autre. Et la troisième, très civile et douce, à l'odorat débile, ne quitterait jamais son poste sous le cagnard, les yeux rivés sur le sol, picorerait des broutilles, passive... En punition globale, et arbitraire, Lucia encrasserait les trous formés dans la terre, devant la maisonnette. Partant, les poules rechigneraient à s'y lover. Évidemment le coquard serait autorisé à rester : qu'il grimpe sur la table, à l'aise, grappille une becquée, ou des fruits, oui, se rende juteux pour le moment venu. Les enfants caressent son plumage. Des *co-cco-dè* se délient. On connait ce caquetage, satisfait et léger.

En remuant des branchages, les bras en désordre, sur le pas de la porte, Lucia chasserait le sirocco, les criquets, le mauvais œil et en vain sans doute l'accessoire Giuseppe, prétendant décrépit, avachi sur sa canne et ligneux et fixe, telle une brindille, rendu fou par le vent qui passe. Lucia lui chanterait des pouilles : « *Cè vvù 'cchjènne* ? Tss-tss, après ce que tu, tu, nul, ah *chene*, dégage, tss-tss, que je ne te transforme, pour de bon ! » « Oh, Dieu ! *masciere*, aïe ! Pauvre barge » maugréerait l'amoureux, éconduit et vexé, dépossédé de toute perspective, en branlant les doigts en l'air.

On épargnerait les allées et venues à travers les rues aux jambes de la vieille, instables, vermiculées, ou gonflées de violettes hérissées. En d'autres termes, on amènerait les herbes et l'eau, nécessaires à la vie, à

Lucia qui ne remercierait personne jamais. On ne se rend pas service, c'est sûr, on vit ensemble et chacun se donne à tous. À l'époque, Lucia aurait plié le dos ainsi que Donato aujourd'hui, trimé dans les champs pour un propriétaire terrien, partagé sa pitance, observé de loin les bébés jouer à l'instar de chiens, avec des ramilles, s'empiffrer de pierrettes.

Lucia serait l'une des mères de la cité, orpheline temporaire, de certains de ses pères. Ceux-ci s'en étaient allés, pieds nus, faire la guerre, en Égypte ou aux Grecs, et en restaient égarés, entre le désert de Libye et les brèches de l'Europe, à tirer contre lui, l'ennemi, sans trop savoir pourquoi. Voilà, c'était écrit.

Lucia serait la grand-tante de Donato, pleine de vigueur malgré ses jambes, forte, fière et malicieuse, religieuse, aimante, et détestable en outre, sinon, elle n'aurait pas survécu (elle a peut-être existé, de façon générique : elle a existé).

Elle tend à Donato un bol de marc de café récupéré, réchauffé. Celui-ci donne à celle-là trois ou quatre grosses pommes de terre, ajoutées aux autres dans la cagette recouverte d'une toile de chanvre, précieusement. Et, sans mot dire d'abord, les deux attendent l'arrivée des gamins, filles et garçons, pour s'attabler. Les lauses ne dissimulent pas le croulement. Dans un mouvement de détente, Donato se penche et, Lucia... On entend le crissement de la nacelle berceuse du dernier-né, suspendue à la voûtelette, au-dessus des oreilles – crr crr crr. Le bébé est si calme – crr crr crr.

Il n'exige rien. Sa maman est morte en couches, lui sommeille, il s'est goinfré. Il est allaité puisqu'il le faut par la voisine. Réalise-t-on le don de cette dernière, grêle, sa générosité caprine, non. Les choses sont alors très différentes.

Donato sourit, petitement, se penche vers une bouille blonde. L'enfant se met debout, pointe les genoux, chute. Accroupi, il empile des cailloux, par réflexe, poursuivant quel dessein inné ? *Exegit monumentum.* À l'aide d'un tison, Lucia remue les gaillettes de bois – crr crr crr –, interrompt le silence irrégulier. « *Bbèllu,* tu devras partir. » « Quoi ? » Donato se tourne vers l'embrasure de l'entrée. « Quoi, dis ? » Il pose le regard sur le mur extérieur, en vis-à-vis de lui, qui se fonce, s'étend vers l'infini. « Parce que le feu dessous le pot. Il te, ce – tu devras partir. »

« Et point », la vue distraite, dans les brûlures. Le blondinet s'éloigne de l'âtre à quatre pattes. La vieille ne sourcille nullement en formulant sa sentence, elle reste impassible, de façon parfaite, les évidences n'étonnent personne, n'est-ce pas, et elle, elle erre au milieu d'elle, se persuade : « Tu seras en Amérique, ah, toi aussi, mon *bbèllu*... Vite, surtout, et... » Le neveu n'a aucune velléité de grand voyage. Il passe le pas, s'adosse au banc, se moque de sa tante : « Je suis dehors, je suis loin, ma *Luce* ! Viens près de moi. Vois, les fleurs, le blanc, le noir. » Face au jeune homme, à la faveur du déclin, les ombres des géraniums façonnent un planisphère convaincant, de continents gros, d'îles, d'archipels, de pays mal découpés, parce que les pierres diffractent les rayons, et la façade parallèle est construite de biais, et il y a de l'ombre dans les ombres. Les projections, des inflorescences et des tiges, des palmes en trèfles, ici et là, se superposent partiellement – je pense : il faut l'œil architectural pour discerner de manière exacte ce qui, dans l'image de la plante, s'ajoute à l'image de la plante.

La tante casse des branches. Elle n'entend pas, elle se dissipe en elle, continue de songer à celui qui n'est pas rentré. Hardis et parfois lâches, ils étaient nombreux à avoir marché à la conquête du Nouveau Monde, mythique, comme du ciel. Ils s'étaient rêvés victorieux et, à destination, les voici : chercheurs d'or et d'étoiles déchus. Ils roulaient les *r*, parlaient avec entrain, s'adonnaient à l'usinage, l'assemblage, le dédoublage incessant des automobiles, chaussures, buildings, voies ferrées ; leurs menottes se rendaient importantes – bien sûr, bien sûr l'étaient. Ils bénéficiaient d'une liberté non moins précaire qu'au pays. Ils avaient pleuré si fort en quittant le village, les larmes fondaient partout dans la campagne, sur le vert, les bougainvilliers, l'épaule de leur mère et, des fois, les peaux, douillette d'une épouse et salées des enfants. Le trajet en bateau avait été l'occasion de riches mélancolies. Les vagues fendaient l'étrave, le fond soufflait le profil. Sur le pavois, les gars s'estimaient petits. Ils coulaient dans le bleu sans vert. Outre-Atlantique, ils avaient trouvé tout autre chose, et la dureté néanmoins, là-bas de la ville, de sa modernité, son activité terrifiante, son coup d'œil primitif sur l'inconnu. Infidèles par nécessité, ici, certains de ces hommes avaient ceci :

une famille, différemment composée, de têtes pétries de la chair d'un amour d'allumettes flambant neuf. Sur le vieux continent, au fin fond de la botte pleine de cailloux, à la maison en somme, inutile d'indiquer qu'on avait attendu ces voyageurs. Et on avait continué de les attendre, et longtemps l'emballement d'un moteur sur la colline, le bruit qui court au sujet d'un Ulysse (méconnaissable, décati, menteur), la descente d'un oiseau migrateur ou la disparition du chaton noir furent de brefs espoirs.

La tante noie le romarin dans le brouet. Le bois crépite. Le tison brûle. Donato reste, assis dehors. Le bambin l'a rejoint. Il bâille. Ses joues sont rouges, ses cernes bas. Son aîné l'installe sur ses jambes. Lui raconte-t-il l'histoire du griffon ? Il était une fois, le feu foule l'édifice, avec sa fougue suffocante. Normalement, on ne réchauffait pas le repas du soir. On rompait le pain, on l'arrosait de tomates, on ajoutait le basilic, ce que le rationnement en farine ne permet désormais plus. De toute évidence on en est las. À deux cents kilomètres du village, ou moins loin, dans un bourg haut perché des *Monti dauni*, à Monteleone, ce jour, exactement, ou à combien de mois près, des femmes des lionnes se sont révoltées contre les fauteurs de l'ordre ; les carabiniers avaient balancé les jarres de terre transportant le maïs qu'elles, les mères, voulaient moudre. Ne restaient que la brisure, les éclaboussures, les pots valsés en rien et les grains sur le sol formaient autant de soleils avilis. « Mangez des pierres », leur avait-on dit. Elles, les mères, désiraient davantage de pain, un juste compte de pâtes, malaxer l'excédent pour les bonbons blonds, les *taralli.* Il s'agissait de nourrir la marmaille. Naturellement la règle était ce qu'elle était, une règle, et le quota déterminé, car les céréales s'échangeaient contre le charbon allemand, central de l'effort de guerre. Alors naturellement les gendarmes intervinrent et les bêtes fauves mugirent et se battirent pour sauvegarder l'essentiel, la vie. Radio Londres relaya l'épisode : la révolte, conséquence de l'injustice, conséquence de la loi.

Cette bataille ne m'était jamais parvenue.

Ce soir, à Cisternino, la routine : le reste des travailleurs finit par remonter. Chacun se serre autour de la marmite, dévore la bouillie de plante encore chaude au-dessus du fagot calciné. Donato s'en délecte. Le goût univoque du romarin sature sa langue, son palais.

La vérité dans ces lignes – l'unique vérité – est que j'ignore qui fut mon grand-père avant le couchant.

En principe, ceci s'avère toutefois indubitable : l'Histoire. Plus tard, la Belgique chercherait activement une main-d'œuvre, des volontaires, des ignorants pour s'offrir en sacrifices à l'économie des États. L'Espagne et la Pologne ne seraient pas désireuses d'envoyer leurs citoyens et l'Italie aux abois s'engagerait en juin 1946 aux termes d'un protocole d'accord à une « opération » : « des bras contre du charbon », des muscles pour des marchandises, des existences humaines dans l'espoir d'épargner des existences humaines. Et des dizaines de milliers d'ouvriers mineurs afflueront au Pays noir.

Une autre constante : on ne peut pas se tromper quant au paysage encerclant le visage de mon grand-père. Il était agreste comme il l'est toujours, quoique son ordonnance ait fort changé, quoiqu'il soit désormais plus touffu, luxuriant, pointillé de carrés cérulés rafraîchissant les corps, de belles bâtisses de campagne. La vue d'antan s'étale jusqu'au cheveu de l'horizon, que l'œil doit réaménager, se jetant dans l'Adriatique d'un côté, ou dans le golfe de Tarente, loin dans le dos, à condition de connaître les rudiments de la géographie. Et, depuis le promontoire, dans l'océan découpé de la plaine, peu importe la perspective qui ne devrait en règle pas modifier chaque objet, chaque sujet, en périphérie : il y a le flot diminué des blés, les souches, des arbres malades en paquets de quelques empans, l'éther chancelé et la pluie flavescente du soleil ; et il y a la vision se réfractant à l'aplomb de l'orbe, de celui-ci, et l'ombre précaire de la personne occupée à regarder. Et, sans contre-pied, je dois admettre que rien n'est sûr (je fais des conjectures).

Néanmoins il y a la pauvreté véritable, l'indigence difficile à concevoir.

Au départ, on le sait, il y a cet accident précis : la genèse, la naissance ubiquitaire mais rapide, sous une tablette de pierre, dans le bruit gris d'un busard, sans aucun gémissement maternel, l'atonie (la passivité), l'habitude. Le bébé de juin, Donato, est le septième à sortir de la boule du bas-ventre. Il accomplit sa première rotation. Ma venue au monde, l'expression est pompeuse, ma venue insignifiante au monde, c'est bien cela, je la situe moi tous les jours sur les épaules de Donato, après l'école, tandis que je rentrais chez lui. Mon grand-père a le cou kermès et mes bras entourés. Il a vêtu un pantalon de toile, une chemise à manches courtes, des baskets, beiges, et je le vois très élégant. Sur notre passage, des maisons étroites, assombries, en rubans, l'ensoleillement du colza et de nouveau la kyrielle de bicoques chagrines chargent mes yeux. Le chemin se prolonge et cependant j'arrive à sa fin en un clignement de doigts. Le temps de me rendre compte que je suis assise sur la nuque rouge de Donato, de planter mes ongles, dans le carton de son crâne, de frémir de la bise et : je suis assise à la table de formica, sur la chaise de formica, dans un décor de type années 1970, papier peint pauvret et couleurs criardes, les souliers ballants, paumes grasses de *foccacia*, sirotant du jus de poire. À la question de savoir quand mon grand-père est né telle que je suis née, en l'occurrence depuis lui, et non pas délivrée des entrailles de ma mère à l'hôpital Notre Dame, je manque de réponse. Les souvenirs sont des souvenirs, oh pardon, pour la répétition. Quand on cherche à reconstruire la mémoire de quelqu'un, fatalement, on s'efforce (on se maltraite un peu) à convoquer des images qui ne sont pas les nôtres, à évoquer des événements étrangers, à entendre, voir, s'émouvoir, pleurer, sentir, jouir, comme l'autre, à remplir sa boîte interne (la former, l'informer) d'une matière insaisissable et, par conséquent, insuffisante.

Mon grand parjure dans cette entreprise est celui, que j'admets, de ne pas respecter l'avarice en mots de mon grand-père taiseux et d'écrire naturellement comme je suis, volubile et onduleuse. Je m'excuse de ce mensonge grossier du texte, risquant de s'élaborer en longues phrases, enrubannées, en mouvement. Mais je mentirais davantage en prétendant transcrire les choses à la manière du personnage. Je devrais les passer sous silence, pour lui être fidèle, me faire à son image, à son égard, partant : m'arrêter illico, ne rien partager, ou me contenter d'une carcasse, de quelques mots vacants, auparavant gommés, et altérer avec minutie les raclements du français, tandis que Donato rêvait pour sa part, à mon avis, en Italie, dans son bel italien, son bel italien bâtard, mâtiné de cistranais, cette langue maltraitée dont j'ignore même le babillage.

À titre personnel, cette situation me bouleverse : je pourrais être la petite-fille d'un autre, si toutefois celui-ci eût été muet, comme Donato (un grand-père bavard m'aurait donné ses histoires, il serait devenu irremplaçable). J'ai la peau pâlie par l'émigration, le regard ivre de l'éducation-type, souvent de l'espace pour les songes. La ligne certes rompue, bistournée, menant chacun d'un bout au bout de ses jours s'inscrit pour moi d'abord à Charleroi, au Pays noir dans le pays, et dans la capitale à présent, elle persévère, à se tracer. Mon caractère n'est pas italique, je n'ai d'attachement qu'à mon endroit, quoique les nom et prénom de ma mère, Maria Antonello, chantonnant sans musique belge, révèlent l'ancrage ailleurs. Je suis Belge et, qu'est-ce que cela signifie, je ne suis pas Belgo-Belge. Pour attester l'alliage, si je réfléchis je trouve aussi, parmi mes maigres souvenirs, enfouis sous une couche obtuse (j'ai la mémoire confuse, mauvaise) : un accent roulé, oui, minuscule, des bocaux de purée de tomates et d'huile aux bulbes de muscari, aux piments, Clio *mia*, les gnocchis, un tas de recettes en fait, *tesoro*, tes yeux aquatiques, on peut dire, sont ceux de ma grande vieille tante là-bas, si verts !

Et c'est vrai, dans ma poitrine ceci vibre, de très important subjectivement : la voix d'un grand-père italien lorsqu'il répète, répète l'histoire du griffon, cède aux exigences d'une enfant insatiable (excessive). Dis ! Dis le griffon ! Tu me dis, hein ?

Recommence ! Il était une fois...

Et, c'est tout ? Qu'y a-t-il en substances – matières dans ma tête dont je peux me saisir ? Et pourquoi ai-je oublié ?

Un jour, il faut une petite-fille lacunaire pour restaurer un aïeul usagé.

Dans ces lignes, j'aimerais qu'il ne s'agisse pas de moi et cependant il n'y aura pas Donato sans une intervention, sans mon ventre de matriochka à ouvrir grand, contenant plus que lui seul :

l'une des poupées en mon sein est Donato :

en ce sens sans doute ne s'agit-il pas de moi mais de dedans celle-ci, très fort, et donc très loin dehors, en ces lieux méconnus, où une vie d'exception à la fois s'est déployée et a été empêchée.

J'insiste car je ne peux m'effacer dans un point, c'est impossible et: en ce qui me concerne, après les vacances, je m'en retourne à la maison. Je migre du sud vers le nord, comme j'ai voyagé trois semaines plus tôt d'en haut à ici. Pas rapides pour arriver, reculement et oubli.

Je quitte les grands espaces, j'étouffe dans la voiture les exhalaisons de la garrigue, la confusion, ainsi, du genévrier, de la rue, du sureau, puis le parfum univoque des romarins, je renonce petit à petit à ce fragment de l'éden, à ciel ouvert, rustique selon moi, aux parasols, à la mer, aux fruits, à l'ennui, aux plaines vides, aux villes encombrées d'intrus, Alberobello et son cirque de touristes, je m'arrache de ce pays, qu'une tendance à l'enfouissement dans le vague, à la mélancolie, et l'œil conciliant (adouci) de la villégiature, me font déjà regretter.

Les heures moroses séparant ce berceau de celui qui est le mien, réellement, seront consacrées à la réflexion (à l'insatisfaction procurée par le point de vue externe, je voudrais devenir l'étranger non seulement pour le comprendre mais pour lui rendre la vie, non, mieux: resituer sa langue).

Les alentours disparaîtront sur la route peu à peu, par bribes. Ils ne me laisseront bientôt plus qu'une impression, une marque de tristesse floue, plus de souvenir non plus (les champs de vignes, en souches feuillues dans cette saison, les olivaies millénaires, les murailles des bougainvilliers, le blanc maure, des hortensias, des asphodèles, et leurs prairies, et les montagnes, l'écume tyrrhénienne, s'évaporeront dans le paysage, à contre-sens, d'autres montagnes, des ponts, d'autres ponts, des péages, le gris de l'autoroute, la platitude du sol, se déplaceront, pour s'en aller, revenir, l'azur restera, bleu sans doute, jusqu'à ce que, puis la tôle chaude deviendra froide ;

et, avant qu'il ne soit trop tard, j'irai me rappeler à mon grand-père, à ses yeux de tilleul).

2

Réalité

Mon cœur gisait dans mon corps, assis, forcément, je respirais pour vivre, avec vigueur, pour récupérer mon visage, mes lèvres expulsaient l'air. J'emmêlais mes doigts et les regardais, de la sorte, se joindre aux atomes invisibles de mon haleine ; puis je soufflais encore, je passais mes pouces sur les paupières, puis je bâillais, tendais la basket noire. Je-ne-sais-quoi s'échappait dans la bruyance de ce bar où j'étais installée, de faïence et anxieuse, où j'essayais de réfléchir, rien n'était plus clair

voilà, je ne fermai pas les yeux, j'insistai, au contraire, les plaçai autour de moi,

voilà, s'extraire pour extraire :

c'est une conviction, voire une éthique, *de Clio donc*, empreinte à la fois de naïveté et d'intégrité, l'opération s'avérant impossible et néanmoins essentielle : il faut s'extirper de sa peau pour examiner les choses pleines et entières et rendre compte de leur façon d'exister ou, au contraire, d'inexister.

Clio exerce le métier de chercheuse en – peu importe, chercheuse du fond de la tasse, de la cuillère immergée, de la courbure hachée des ongles, observée en délibérant, de ce qui est d'intérêt supérieur, ou moindre si tant est que cela soit concevable, elle s'en fiche bien, force est de l'admettre. Elle n'est certes pas talentueuse de façon spéciale, en de multiples disciplines au demeurant, de sorte qu'elle pourrait comprendre la totalité des plans de l'univers, en aucun cas. Elle n'investirait pas l'entièreté du monde. Dans ce monde, elle a comme chacun des compétences, oui, et des obsessions, lesquelles ne se trouvent pas nécessairement en intersection, c'est tout. Et la machine à café grogne. Des commandes sont passées. Un enfant manchot court de joie vers sa mère, les bras ouverts, la musique est mauvaise, un boum-boum-boum métronomique, stéréotypé et Clio demeure concentrée. Elle dissocie ses divagations intestines de l'ambiance, des gestes externes et des siens, porte la boisson à ses lèvres, se brûle, ne ressent aucune douleur, juste un picotement. Et Clio tient le fil de ses pensées, le verre du garçonnet se renverse, le lait coule, ou essaye, à cause du dérapage, boum-boum, cassure, miettes entropiques sur le carrelage liquide. Son domaine d'étude ne la concerne plus et il n'y a pas à s'émouvoir de ces années passées sur une seule question, qui partent dans le dos, point parfait. Il reste à blanchir les pages, les dernières pages, des essais, des articles, et subsistera une découverte précieuse, faite pour Clio, grâce à sa profession, bon gré mal gré : le goût de l'exploration du réel, certains aspects de celui-ci. Le rideau panné se froisse. Une femme mauve et gigantesque et superflue entre dans la salle. C'est une histoire de densité, si on veut : Clio n'est bien sûr ni plus ni moins dense qu'une autre, ce n'est pas ce dont il s'agit. Elle, voilà, se sent dense, en réalité concrète, balancée de pulsations, vivante, quand elle s'adonne à ses recherches. De toute évidence, il n'y a pas de manière unique d'être, un cœur qui bat, pour soi.

Et l'esprit de Clio tourne et divague et butte, et le coton se tisse à propos du sujet l'occupant actuellement : comment s'y prendre, quelle méthode heuristique, pour tenter de (re)trouver la réalité (le cœur, la densité) de celui qui l'a tue ? La menue monnaie glisse sur le métal, deux virgule cinquante.

En chemin Clio suit le ciment, s'arrête chez la fleuriste. Comme on s'y attend, le mur d'ardoise du magasin est revêtu de girandoles, d'étoiles, d'agates pourpres, de chrysolites et de topazes, de calcédoines, recouvert d'un essaim torrentueux de gouttes rutilantes, coulant dans le noir du jour. Clio a de mauvais yeux verts, verts-éclipse, impressionnistes. Le gauche, en particulier, ne comprend rien. Dans l'humidité ambiante et odorante, Clio attend son tour, en scrutant de la sorte, mal. Et des minutes pareilles à des oiseaux passent. « Qu'est-ce qui vous ferait plaisir ? » « Ben. (Elle considère les pots, et non, ramener un pot serait de mauvais goût alors) quelque chose de saison ? » « (Acquiescement de la gorge, vaguement sonore, et) pour combien ? » « Ni trop ni trop peu. » « Ok. C'est pour offrir ? » Clio opine, puis la vendeuse opine, cette dernière préfère respecter les lois naturelles, elle le précise, elle a coupé celles-là, qu'elle montre du doigt, dans un champ ce matin. Dans la tête : oui ? « Oui », de la tête. La fleuriste se baisse vers le seau, elle choisit, assemble, ôte les folioles lancéolées. Elle ne se presse pas. Elle tâtonne, à gauche, à l'aveugle, jusqu'à mettre la main sur le sécateur, vient un moment de doute, et elle coupe les tiges, en biseau, très droit, elle ne se presse pas. Elle aime l'ordre. Enfin, elle vérifie son œuvre depuis le haut, le bras tendu, en gonflant le menton, satisfait. Elle a la grâce et la simplicité de sa composition. Les fleurs, désormais, sont identiques. « Vous devez remplir le vase d'eau tiède. Elles s'ouvriront. Après c'est eau fraiche et ça vous savez. » Non, Clio n'en sait rien, et elle approuve, oui, oui, d'accord, et elle reçoit d'autres conseils, merci. Clio apprécie le symbole, parfaitement inutile en tant que tel : la plante est celle de la guérison, en baume elle ferait des miracles. Le monde est oublié

– à la sortie, néanmoins, on ne lui échappe pas. Le monde à nouveau s'avale.

Il n'y a rien de spécial, autour de Clio, sur le trottoir, mais c'est un rien foisonnant dans le crâne, de digressions en pertes d'idées, en matières concrètes, rassurantes, les pavés en quinconce, le gris meurtri, le trébuchement, les baskets noires. Elle repart. Le soleil s'échauffe pour l'été. Il fait bon. Du pot d'échappement d'un tacot s'épanche un gaz pestilentiel. Et Clio, qui porte le bouquet bien sûr, réalise l'absurde : ce que c'est que tenir sur sa poitrine des fleurs en ville. Clio baisse les paupières. Son regard s'immobilise sur un bouton. Définition : les pétales de crépon, d'un rouge qui s'ignore, sont disposés les uns sur les autres, et ceux-ci donc au-dessus des uns tressent une pelote fermée, plusieurs pelotes fermées. Il y en a deux trois, six, dix, nombre imparfait, le calice comme une main tendue les mord, les étouffe de manière telle qu'il semble que jamais l'éclosion ne pourra se produire. La corolle oppressée, très finement nervurée, s'ébauche en un lavis subtil, déteint, peint d'une couleur vive et délicate, l'alizarine cramoisie, et d'un blanc calme, crème, onctueux. On voudrait s'en faire des bracelets, de ces boules, ces perles, pour avoir l'air d'une fille aux poignets tendres et coquets, qui s'épanouirait, embellie d'efflorescences, sans métaphore. Malheureusement, il n'y a qu'à l'aquarelle ou dans les livres ou dans la tête, puisque les végétaux ne se laissent ainsi pas capturer, que l'on peut esquisser cette espèce de couronnement des rosières, sans vertu ni raison, en joncs précaires liés sur la peau. Et Clio se ravise : et non. Elle rature ce mot injuste. ~~Malheureusement~~. Oui, il n'est pas correct, il la berne. À fixer son attention entière sur un motif, on néglige ce qui l'induit. C'est parce qu'elle est impossible, l'image de la fille fleurissante, qu'elle en devient jolie. Et Clio atteint la marquise, tant rêveuse. Elle se dit : regarde, regarde ton regard qui regarde. Elle se dit : n'oublie pas, s'il te plait, cette phrase. Et elle hésite, elle tergiverse une demi-seconde, un instant inexistant. Dans le miroir de sorcière, le bus arrive, sans ciller, Clio voit la déformation de la rue.

L'objectif n'est pas de courir là-bas, comme une plume, quel est l'objectif, pourquoi ? Ses songes retournent vers l'abstrait voire le ridicule, elle en a la conscience tordue. Répondra-t-il aux questions préparées : Cisternino, la vie du Sud, les amours ? Et les interrogations se répètent et s'annulent parfois, quand Clio n'y croit plus et, de cette façon, elle s'en va, l'itinéraire se trace, se forme, de représentations nulles en représentations totales, jusqu'à l'escalier, le bleuet du couloir, la porte devant laquelle ce sentiment précis d'absurdité récidive, en tenant compte du contexte renouvelé : que tient-on des fleurs sur sa poitrine, dans un mouroir ?

La pièce dans laquelle ils se trouvent est vidée de ce qui lui serait superficiel, doux. Elle ne contient que : une couche, essentielle à sa fonction, le lavabo, le miroir argenté, des vêtements rangés avec soin dans la commode de pin et, posés sur celle-ci, aujourd'hui la gerbe à son éminence, des maigres vestiges du passé de l'intéressé : un faisceau de campanules collé sur du papier vélin, ocré, des photographies d'une jeunesse caduque, un trullo postiche, haut de trois pommes de plastique, à la fois clair et sale, des cailloux turquin. Chacun se tient plus ou moins mal sur une chaise, sur le sol en résine, entre les quatre cloisons bleu-mauve. Au dernier étage de l'immeuble, on s'essouffle sous la panne garnie d'une toile thermoplastique brillante et sous la cellulose, sous la toiture naturellement. Il faut imaginer que le ciel existe bel et bien au-dessus mais on se contente d'une illusion, vraiment, elle est charmante, cette maison de repos de Mont-sur-Marchienne, elle donne sur les champs à l'arrière, si on ferme les paupières, et il y fait bon, et il fait bon dehors aussi, en effet, le pouls s'emballe, fortississimo. Boum infini. Clio tente de se détendre. De temps à autre pour être mieux, ici, au printemps de bonne humeur bientôt fané, elle amène un bouquet cramoisi de pivoines, un artefact, puis il arrive que Donato, en suçotant du chocolat, pousse sa voix de vent, fugace : « Sont belles, tes fleurs de *buganvillea, tesoro.* » « Et oui, et comme ça, ouvertes, t'as raison, pépé, elles sont pas mal. » Et ensuite Clio est pleine d'espérances malgré la méprise, et ensuite incontinent la conversation devient chaotique, négative, unilatérale. Elle interroge l'aîné sur le cours des choses prosaïques :

« Comment tu vas ? » « Tu veux qu'on fasse quoi, là, ensemble, on papoterait, non ? » (Son regard cherche celui qui fuit.) « Hein, pépé ? » (Ses coudes s'abaissent, son cou se tend, elle est attentive, ses cheveux sombres et filasse plongent.) « Qu'est-ce que t'as mangé, ce midi ? » (Son regard cherche celui qui fuit.) « Tu as froid, mon pépé ? » Clio replace la laine écossaise protégeant les jointures abîmées des changements de la météo (il est prévu, puisqu'on peut le prédire, que de riches nuages gris abonderont dans le ciel noir, ce soir, et ils débiteront leur pluie, non sans entrain, et l'événement est certes banal, impersonnel dans la pureté des principes, mais il peut outrager les corps qui respirent). Clio insiste : « Allez, pépé... » Elle mastique par-ti-cu-lièrement bien chacun des mots faciles, choisis avec méticulosité pour être compris, qu'elle prononce haut. Face à elle, sur sa chaise, le grand-père sourd et somatique ne répond plus. « Tu dois être fatigué. » « Hein ? » « Tu veux que je m'en aille ? » « Tu ne dis rien ? » « Non, tu ne dis rien. » « Tu dois être fatigué » – embrayage sur le bouquet : « Ça sent pas grand-chose, mmh, dommage » et ce nez de la naphtaline, inépuisable, tendu aux murs, la patience est gobée. Tout bas en résumé : « On peut... ce que tu heu v... (soupir), hein dis, tu... on pourrait, peut-être... et m... En-fait-je-voulais-te-demander... écoute, tant pis. »

Peine perdue.

Devrait-elle accepter la confusion avec simplicité, le vieillissement tournant si mal qu'on ne sait plus avec certitude si l'homme existe encore ? En effet, il ne s'émeut, ne réagit, ne regarde plus exactement. Et peut-elle en sus avaler son propre silence, à elle, autrement que comme une grossière rose épineuse, ne pas se blâmer pour le retard de ses questions qu'elle n'a jusque-là nullement posées et que, brutalement, elle voudrait résolues grâce à une équation mathématique : « Jadis (Qui étais-tu · qu'as-tu fait · en as-tu été heureux) = (-) X » ?

Clio était ailleurs... Quand la maladie ne régnait pas, oui, elle avait mieux, tellement mieux à... S'ennuyer chez ses grands-parents, jouer à la bataille, puissance quatre, dans le bruit de la télévision, devant une course de bicyclettes, boire le café sans parole, sauf la sienne pour combler, les bras dans les miettes, et arranger les géraniums, ah, c'est pelant, classer les pots, et le courrier, et les outils du garage démuni de voiture – oh quoi, non, non... Lorsque le diagnostic fut posé, l'oreille de pierre, elle n'entendit pas même la fin annoncée. Que croyait-elle ? Elle traînait avec des amis, séchait les cours, elle prenait le soleil, sortait, vivait et demain n'existait pas. Elle ne terminait pas les livres, elle se goinfrait de passions indolentes, c'est sûr, elle est fautive dans cette affaire, étant donné – STOP, ne plus se précipiter ou, plutôt, tenter d'éloigner les pensées.

C'est d'une banalité, Clio hoche la tête. Avant d'être cette personne portée par sa chaise, devant elle, au front beurré, et qu'elle aussi deviendra, morte ou idiote, abêtie par le temps, Donato n'a cessé d'être en mouvements. Il a vécu. D'un bout au bout de la trame se succèdent les secondes, les images, les pas vers l'aval et vers l'aval encore, à reculons, des joies, une kyrielle de déconvenues, forcément vides, car ce grand-père n'a pas parlé de lui. « C'est comme si c'est comme si (Clio craint cette phrase perforant son esprit), c'est comme si donc il s'était d'emblée effacé, raturé. C'est la même chose que : il n'a jamais existé. » Car... Tombent des pierres, depuis le cœur jusque dedans le cœur de Clio, et le menton chavire, que faire ? Persévérer, se détourner du motif.

Alors elle compte les tiges dans l'urne, un, deux, d'habitude elle s'épanche, trois, quatre, elle est la sève dans l'eau, elle se déverse, six, sept, incolore et elle dit, elle ressasse du vent, elle comble le vide l'encerclant, ses jugements sont peu clairs, qu'importe, elle remet la clarté à plus tard, elle remet la clarté à sa place, pas ici, pas maintenant, huit, neuf. Et dix, Donato délie sa langue, d'un seul coup : « Que deviens-tu, *tesoro* ? Tu vas bien ? » Clio remonte les sourcils, les lèvres mornes. La phrase a fusé de cette bouche, ramincie presque inexistante, de carton-pâte, qui déjà ne se rappelle plus avoir bougé. Elle est ordinaire et, cependant, comment a-t-elle été trouvée, d'où sort-elle en définitive ? Clio n'a qu'un filet de courage, cet après-midi. Elle rumine en condensé : « Je suis devant toi, je deviens, voilà, je deviens, arrête, arrête, j'ai grandi, étudié, travaillé, j'hésite, et tu es au courant, arrête, pépé, je me confie, ceci-cela, je me raconte à toi normalement et tu n'y comprends goutte, ça pleut, ça pleut pour quelle raison, je ne nous cache même pas, ceci-cela, tourne, les plantes parfois sont moins caduques que nous, et moins vertes que toi, comme ces fleurs, le pilea par exemple est formidable, donne drageon sur drageon, et je me comporte en petite capitaliste souveraine, à son égard, et je ne suis pas fière, et je le bouture et je le bouture, avec une de ces fièvres, si tu voyais, j'y fous de la terre sens dessus dessous, par terre et je cesse, tout bien considéré je suis stupide, moi aussi j'oublie le béton, c'est un tournis, le béton d'hier, un gros bloc de morceaux juste devant, moi je suis, oublieuse en fait, et j'ignore jusqu'où aller, dans ces propositions, tant pis, aujourd'hui je suis lasse, réalise, je suis lasse et tu es muet, je me fous de moi et je ne me fous pas de toi, je voudrais que tu me dises – parle s'il te plaît. »

Clio passe une injonction, une insistance sous silence : « Parle, parle. Existe. » Elle joue avec le sparadrap ceignant son index, un coup de la mandoline, elle râpait les courgettes et schlak. Elle se concentre : mandoline, mandoline, courgettes.

Impossible.

Impossible, certains jours, de ne pas se laisser envahir par son cerveau comme un gras démon autophage. Le crâne pense et se bâfre entièrement lui-même.

Ce qui tourmente Clio ne sort pas de nulle part, c'était là ou en germe, prêt à éclore en une violette des champs, vorace, à dévorer les certitudes sans doute, le calme, la vérité. Donato a été tué par une idée, Donato a été tué par une idée – quoi ? Oui, Donato a été tué par une idée. Et non, c'est reparti, les mots se muent en armes. Compter cette fois les fausses briquettes du trullo en toc. On n'est jamais tué par une idée, par où commencer, les idées tuent autant que les bombes, c'est la réalité, cinq, quinze, seize, voire plus, c'est insoutenable, dix-sept. Clio arrête ses mauvais calculs, continue de déchiffrer : l'idée qu'il n'existait pas, Donato l'a intégrée. L'idée qu'il n'existait pas, Donato l'a fait exister jusqu'à l'acmé. Ah oui, c'est réussi. Clio roule une mèche autour du pansement, hésite et son jupon se lève. Elle exagère. Sa silhouette verdie se déverse dans la pièce, elle s'installe sur l'appui de fenêtre, le tissu de plate-bande envahit le mélaminé. Elle ouvre les vantaux, se penche. La naphtaline s'évapore. En bas, sous le poids du passage, le béton s'écrase, pratique et terne.

En bref, faisant mine d'ignorer Donato, Clio songe : « Qu'il parle, qu'il dise ! Pourquoi non. Les enfants petits, eux, savent parler, dire. Et vivre, quoi. » Sur la route, son discernement fondu se matérialise, parce qu'elle est rompue, par une voiture grise, et voilà le camion d'un maraîcher. Il est indispensable de prendre de la distance, pour délibérer, oui, l'examen d'une situation nécessite une prise sur la froideur, elle le sait. Grâce aux choses utiles et lisses et, donc, inutiles, souvent elle s'apaise. Enfin, après un créneau laborieux, à peine ambitieux, d'une bagnole grosse et en tuning bling-bling, la ligne blanche est franchie. La portière s'écarte, jogging bling-bling. Clio a recouvré son calme. Elle délaisse la description sotte de la rue, tourne la chevelure. Pour une fois sans amour, elle dévisage son grand-père adoré.

Retient-il dans sa peau, de cette façon, ce qu'elle ressent, elle, simplement que le monde se réduit à une vaste inexistence ? Il est avachi sur son siège. Il tangue un peu. Son ventre pointe, vers le bas. Ses jambes fuient sous la couverture. Ses mains ballent au bout de ses longs bras bis. Le gazouillement d'un geai s'invite dans la chambre. Clio pense aux plumes du geai. Les doigts de Donato sont lisses et lumineux, bouffis de médicaments, la vie de travail ne s'y lit pas. Il faut s'y attarder, à ces pognes, ne garder qu'elles, plus qu'elles, parce que le bec de Donato se dessine à l'envers et l'isthme du nez pend mollement. Et la sclère de ses yeux de vieil oiseau a blondi, et son iris de céladon craquelé, et le cristallin est méditatif, sec, engourdi, en bêtise, une bêtise douce. Puis l'ovale du visage s'affaisse. Donato a un goitre d'oiseau, décidément, de tout petit oiseau, il est si gros et si chétif, fragile avec excès, il faut le vêtir, le nourrir, le soigner, le prendre dans sa paume, le cajoler, élargir son propre cœur pour pardonner la grossièreté de la vieillesse.

Donato n'est plus qu'un corps.

Chair creuse, contradiction, rêverie nulle et subjectivité exténuée. Les fils du cerveau sont accidentés. Clio imagine la fourche de ses cheveux s'unir à celle de Donato et la machine ainsi créée, le lien nouveau, la transmission du flux et de l'influx. Il faut imaginer, strictement imaginer, l'énergie, la force, ayant mû ce grand-père vivant. Sans cette vigueur, « ah. Bonjour mad'moiselle Antonello. Madame ? » Une infirmière interrompt le cours infécond des pensées. Clio machinalement quitte l'appui de fenêtre. « Vous allez bien (...) J'allume, ici (...) Oui oui, (...) mon tour des chambres, hein (...) Vous fermerez les carreaux ? Eh là-bas, monsieur Donato, ah non ah, il est pas bon pour vous ce chocolat (...) Un garnement votre grand-père. Vot' grand-père, non ? Vous devez le lui, il faut le gronder, pas bon pour lui. » Clio culpabilise. Des spasmes remuent ses lèvres. Donato doit entendre, le son traverse les tympans. Il n'écoute guère. Il ne bronche pas. Gauche, il retire l'emballage d'un carré de chocolat. Il est si sérieux qu'on le croirait en proie à de très hauts soucis. Ou, tranquille, sans un sourire : il se moque de nous. Ce plaisir, ce chocolat fondant tapisse le palais noir et goutte dans la gorge, et s'évanouit sur le bout de la langue, oh, non, il est déçu, c'est déjà fini, il lève le menton, le regard, comme pour se demander, il est où, sérieux, sérieux.

Parmi les mots inutiles, ce terme, cet adjectif, éloignés du récit, qui ne qualifient pas du tout le sujet : incandescence – incandescent. Il n'y a rien de tel chez Donato tiède. Où est ce trait, le feu, le rayonnement ? Est-ce vrai, possible, quel rouge s'enfuit dans les veines inconnues ? Pourtant, il y a en son sein un cœur cuit dans la fournaise, sur sa peau la brûlure irrémissible, meurtrissant tous les êtres au gré des jours, la consommation sans lumière, jusqu'à la poussière, la ligne finale difficile à situer. Celle de Donato est passée, il erre sur le terrain, y campe, soumis aux organes de son ventre, à la pulsation obstinée – c'est long, *c'est long vieillir au bout du compte*. Les gaillettes, elles, pétillent en chauffant, même le charbon rougeoie, scintille, crépite et Donato se couche, se cache, et nulle flammèche ne couve sous la cendre, et Clio s'éparpille. Les images se forment dans son esprit, semblables à ces mots, le charbon, la brûlure, la mort et, confinées dans l'air, elles se dispersent en vrac.

Rentrée à l'appartement, somme toute tranquille, Clio ouvrira un vieil exemplaire des encyclopédies Britannica, pour le plaisir, elle consultera Internet, les bases de données de l'université. Elle cherchera à comprendre, sans comprendre (elle n'est pas médecine). Elle recoupera les sources, prendra des notes dans un carnet, refoulera le déni. Elle a tant attendu avant de se confronter méthodiquement aux lésions, sottement espéré un miracle qu'aucun scientifique ne sera jamais en mesure de déceler de façon rationnelle. Maladie de Parkinson. Ainsi nommée en l'honneur du docteur James Parkinson, par Charcot, parce que celui-là avait décrit avec précision les symptômes, surtout la paralysie tremblante (*shaking palsy*), de cette maladie nouvelle, non pas fondamentalement nouvelle, mais nouvelle en tant que dégagée nouvellement, à l'époque, par une forme de recherche fondamentale, au terme de laquelle le chercheur, fort de la science conquise et de son intuition, avait découvert quelque chose en particulier, un trésor, alors qu'il ne tendait pas à découvrir cette chose en particulier. La postérité comme un faux-fossoyeur sera chargée de creuser. Dégénérescence du système nerveux. Les neurones construisant la dopamine se détruisent au sein de la substance noire du cerveau. Or cette dernière et ceux-là enclenchent la motricité et colorent les émotions et préservent la mémoire, donc. L'une des causes hypothétiques du carnage : l'exposition au monoxyde de carbone. L'une des causes de la ruine, serait, l'exposition au monoxyde de carbone. Dans sa cage sous la terre, le canari pâmait quand le charbon fumait. Sur le plan physiologique, il apparait qu'une protéine, l'alpha-synucléine, en s'amassant sans être synthétisée par l'organisme, est la source des troubles : elle tue les neurotransmetteurs. À terme, d'autres corps, appelés corps de Lewy grâce à Friedrich Heinrich Lewy, souvent s'agglomèrent, endiguent les signaux, entraînent la démence. Plus l'affection va, plus le patient en conclusion perd tout, c'est-à-dire lui-même : les souvenirs, la capacité à raisonner, l'expression, le langage.

Dans ces conditions, en vain, doucement pour brouiller le fil, se duper, utiliser des oiseaux, Clio tapera g e a i sur le clavier. Et, sans qu'elle ait voix au chapitre, les liens s'établiront : dans le système de Linné, le geai des chênes est en partie encodé sous *Garrulus* et *garrulus* = bavard.

En attendant, la cervelle s'emballe à nouveau. Clio observe ses poignets, les poignets circonflexes de Donato, et son regard en brin de tilleul, cassé. Elle se compare à lui, jauge de l'œil les similitudes entre eux deux. Elle croit que la maladie saute une génération : dans l'arbre généalogique, le grand-père la transmettrait en héritage à la petite-fille et ainsi de suite. Comme un trait physique. Ce n'est pas impossible. Clio va s'observer dans le miroir pour vérifier le chaos, l'infime chaos et, à la va-vite, face à la glace, formule un vœu, basé sur un cil déplacé sur sa joue. À la fleur de l'âge, elle aussi a des trous, des béances dans le passé. Ses mouvements sont pourtant coordonnés, elle marche, court, sans peine, attrape les objets du quotidien. Alors, quoi ?

Elle sait qu'il existe des motifs on ne peut moins médicaux à ses oublis. À tête reposée, elle en identifiera trois, intimes, enchevêtrés, et sera rassurée par leur trivialité.

La première explication à ses amnésies : il y a trop, d'agitation, de gestes, de connaissances, de rencontres, d'images dans cette vie et, partant, le vide tourbillonne et s'amoncelle, foisonne, et c'est impressionnant cette fougue, la vacuité du vide. La deuxième semble paradoxale en considérant la précédente, et non : les moments morts, entre deux points paroxysmiques, s'avèrent, dans ses affaires, plus nombreux que les pleurs, les joies éminents, les chocs. Clio impute en dernier lieu sa paume étroite de souvenirs à l'absolu, la sillonnant, la gelant, avec une subjectivité sévère, hautaine. Par sa faute, rien ne devient assez beau, grand, déchirant, apte à s'enregistrer, rien, ne devient.

Chez elle aussi, Clio cherchera les moyens de combattre ses propres vides mnésiques. Elle portera ses poings sous ses mâchoires. Elle regardera le bois lézardé du cadre de la table de marqueterie héritée de son père, le sous-main maculé d'encre formant des bavures telles des petites mouches bleues et les poignées en porcelaine du meuble à tiroirs, parsemé de taches plus foncées, telles des petites mouches noires. Elle engloutira la lampe finlandaise, le pot en étain strié, décoré de fleurs et de fruits, les stylos-billes à l'intérieur, des objets de tous genres, son téléphone, la fenêtre, la réalité journalière obstruant la marche passée. Elle élongera les doigts sur le visage, de façon à n'y voir que le rouge, dans la clarté de l'après-midi. Et elle respirera sa peau, la moiteur de la crème aux amandes, badigeonnée plus tôt. Elle tâchera de ne pas s'endormir. Comment réfléchir ? Il y a normalement des couches à râper, ôter pour se remémorer : 1] il faut éliminer celle du quotidien qui, systématiquement, oublie la vie dans sa frénésie. 2] Il faut couvrir le bruit, l'enduit épais du bruit, du plus parfait silence (l'aubier et l'aube). Dans certaines configurations, en menant l'exercice à bien, on songera que celui-ci, le silence, n'est ni une maladie ni une tare : il est la condition de l'existence. 3] Certes une odeur, un goût, un lieu, un son tangibles aident à combler les trous. À moins que le sujet ne hume, ne mange, n'entende un souvenir pour ainsi dire ou ne se retrouve à cet endroit de son cœur, par hasard, et ne reconstruise alors des moments abolis en suivant un raisonnement de type inductif, ne pas user de ces artifices inscrivant la recherche dans le présent que l'on veut, l'on doit omettre. Il s'agit de rester seul, en recul, où l'on appartient désormais, de se taire et s'étirer et ensuite d'extirper de l'esprit, peut-être, une odeur, une saveur univoques, une musique, un fruit. (Pour toucher la mélancolie, la tristesse d'une émotion d'avant, même la joie, le plaisir, d'avant, d'avant, il est utile de se recroqueviller sur le parquet, toucher son ventre courbe.) Voilà, au fur et à mesure, Clio s'extraira du monde d'ici, actuel, actuellement criard et assommant :

elle verra d'abord des gouttes de couleur vague, la lumière douce, immense, puis l'orange du papier peint de la cuisine, et le ripolin du lambris, et les contours de la pièce se préciseront, et les détails, les appliques en forme d'oiseau de paradis, un puzzle plage-paradisiaque géant, encadré, une friteuse, le bocal d'huile aux bulbes de muscari, la saleté des rubans adhésifs, tapissés de bestioles, coulant. Après, le plongeon. Clio n'observera pas la maison d'en haut, de l'extérieur : elle y sera la fillette. Elle distinguera en fond le brouhaha de la télévision, l'enivrement du commentateur du *Giro*. Elle s'adossera au formica du placard, refroidira ses pieds d'enfant sur le lino-léum reluisant, orné de lattes en pin noueux ne trompant l'œil de personne. Elle s'enivrera de la poussière, miellée et odorante, des flocons secs des mimosas pendillant aux poutres et du sourire de Donato vêtu de son unique tenue, la seule qu'elle se remémore de l'époque : pantalon de toile, chemise à manches courtes, beiges. Elle retrouvera l'attitude aimante du grand-père, ses bras tendus, tout à elle consacrés, elle entendra sa vive voix taillée, « *tesoro*, ton jus de poire », qu'elle boira dans un verre de moutarde, les menottes jointes sur Assurancetourix beuglant ses poèmes. Elle reconnaîtra la texture du breuvage, floue, sirupeuse, ses grains fins sous les dents, sa fadeur, sa rondeur, son sucre. « Merci, pépé. » Puis elle aura bondi. Elle se fondra dans le ventre de son grand-père inconsistant, dans le divan de damas, et flottera avec lui. Et elle s'assoupira, enfin, elle s'assoupira. Donato appuiera son pouce sur son front, par précaution. « *Ti voglio bene, tesoro* », pas simplement Je t'aime : vouloir du bien.

Durant de longues minutes chargées d'une matière dense, répétitive, faite d'anciennes habitudes, et non d'un instant unique, non d'un seul épisode vital, Clio négociera avec le présent, se débattra, contre lui... Se rejoueront des bribes d'une relation gestuelle : des bras tendus, des bras câlins, un regard expansif, attendri, tendre... Clio se réveillera. Les cheveux noirs coulés en araignée sur le parquet, la joue de marbre à plat, elle refermera les paupières. Toutefois elle verra : les yeux et les mains tombés, malades, pire, pleins d'apathie de Donato. Les cils se colleront. Clio voudra bien plier l'œil, effacer dans l'ensommeillement l'obstacle définitif, surgi à brûle-pourpoint : il arrive que les vivants oublient tout, même d'aimer.

À l'hospice des vieux, auparavant, l'infirmière aura tiré la langue en signe de confidence, en cachant la boîte de chocolats dans la commode, sous les pullovers. « Je vous laisse, à tantôt, monsieur Donato. Vous m'appelez si besoin, hein. » Clio partira aussi : « Allez, ciao, pépé. À la prochaine. » Elle pensera : « Tu vois, tu m'manques beaucoup quand t'es pas là » (et elle frottera sa joue contre celle, moelleuse, de son grand-père et ses bras l'enserreront et il ne bougera pas ; pourquoi désirer de le raviver ?).

*
* *

Ce qui précède est le précis imprécis d'un après-midi confus de juin que je me suis obstinée, moi, Clio, à appréhender avec de la perspective, depuis le haut, de l'extérieur, dans l'espoir d'y mettre un minuscule peu d'ordre.

3

Voix chorales

On retrouve la grand-tante de Donato, Lucia, dans le jeune cimetière de Cisternino, propret, bien ordonné, disposé en allées, recouvert de ronces et de croix de chêne. La vieille dame a eu l'habitude de voir les corps, leurs os déboîtés égratigner le sol et, ici, se sent perdue. Elle baisse les paupières, imagine les squelettes, vertèbres, phalanges, crânes, et danse. Elle semble toquée, piquée par une tarentule et non, elle meut le tronc, hausse les épaules, soulève un bras de la canne, agite un mouchoir sale, coloré par les mûres, refuse l'inhumation complète, définitive, les yeux verts fermés, les yeux ouverts sur l'au-delà, l'existence cadavérique. Les saisons se mélangent. Lucia égrène des prénoms, célèbre ses pertes et celles de ses prochains, celles qui nous épargnent encore. Elle honore chacun, sans distinction, de ses lamentations raisonnables. Elle n'oublie personne car elle sait la douleur intestine d'avoir un jour aimé un mort. Son regard de renarde noire s'étire, mord le front, les joues, l'envie de café au lait s'épanche sur son visage cannelé, entouré de mèches grises et d'un voile sombre. Elle a chaud sous son uniforme. Les molécules d'eau de son corps d'eau se changent en eau. Qu'importe. Lucia chante et prie, elle continuera de crier son unique chagrin : « Ô tu ne me laisses pas seule ; Ô tu ne les abandonnes pas ; *Ananca* ! ; Fleurs dans les champs et les certitudes crois-tu, toi, belles ; *Gnóre*, *Gnóre… Gnóre* ; Fleurs de sauge, délicatesse, *crà* ; Fleurs de ciel bleues, jaunes ; *File d'u sóle* ; '*Sempre nuova è l'alba*'… ; Et ma Maria, douce Maria… » On ne parvient pas à déchiffrer toutes ses psalmodies, ses galimatias de sorcière ; on entend bien ces implorations : « Puissent *le peccìnne* manger, les grands travailler, travailler pour, travailler pour manger ; les montagnes cachées par les nuages ; il fera bon. Demain. »

En rentrant, Lucia continue de se plaindre et d'espérer, surtout, ramasse des cailloux et les baise, les porte à la glabelle et les balance d'un mouvement sec ; et elle réitère ses exhortations aux verbes d'action, ses gestes, s'abaisse, glane des sédiments calcaires, la poussière, lèvres, tête, mouvement étriqué : « Revenir… Manger… Travailler… » Modifier l'œil qui pétrifie.

Par ce rite, ces poèmes pieux, généreux, ces invites à qui peut entendre, la vieille dame perpétue une tradition héritée de sa mère, lucanienne. Elle ne répète en aucun cas des superstitions banales ou des explications d'ignare. Son œuvre ne porte rien de moins que la possibilité de la flexion du cours des choses, vers tout autre chose, soit : illumine la plaine. Voilà, Lucia recrée un monde total, onduleux, de paroles et, dans le paysage dans lequel elle erre, un chat farceur s'immisce. Il est maigrelet, son pelage de poix, rétif ; il rompt la narration. « *Jatte* ! Sale rat ! Que veux-tu ? » Alors qu'il avait surgi, impoli, le postérieur de face, le vagabond croque le cou. Sa position révèle son museau de sang, de campagnol ou d'oiselet, ses paupières lourdes, malheureuses – on trouve un peu de nuit, une certaine nuit, absolue et anxieuse, dans ses pupilles. Sait-on ce qui lui est arrivé ? S'il regrette ses frères et sœurs, compagnons de portée ou les claques sèches, sur sa queue, de ses nombreux contempteurs ? Et cette bête malade se poste devant le bâton soutenant le petit buste, le défie sans le vouloir. Elle quémande une caresse et elle précise ses intentions, s'allonge et s'étire, sur le dos, forme un coquillage duveteux, une spirale d'or, et de la sorte et la patte en salut, les doigts recroquevillés, elle aboie. Ou elle graillonne, comme un vieillard. C'est-à-dire elle tousse : c'est bon, ouf. Lucia se préparait à jeter du gravier sur ce portefaix de la fatalité. Elle est soulagée. Elle offre sa main au fétiche, elle veut le prendre et l'embrasser. Puis elle marchande. Si le chat donne lui-même sa truffe, alors. S'il gonfle le garrot, alors. Puis Lucia se moque : « *Cose da pacce* ! Le ciel est fou ! Que veux-tu à la fin ! » Elle s'interroge en fait : « D'où sors-tu, pauvre matou, d'où arrives-tu ? Qu'est-ce qui fait que tu es là tel que tu es ? » Chacun sait ces questions insolubles. Et néanmoins, personne n'y coupe. En tant qu'il est vivant, fondamentalement, ce félin habite ici, oui, il ne vient de nulle part. La canne existe pour supporter la souffrance des jambes, le foulard est noué sous le menton en raison d'un deuil, les prières délimitent les lieux de l'espérance, et les fleurs devant la maison y sont disposées dès lors qu'on aime s'entourer, contempler et donner à voir, parfois, les hortensias en été. Le chat, lui, noir, flâne dans le monde au hasard d'une copulation instinctive... Et pour les humains, sans chercher nos raisons d'être dans le néant (je veux éviter de couler, d'emblée) : on peut remonter les galets, un peu, s'arrimer un moment à quelques points de confluence.

La grand-tante de Donato était née dans le quartier arabe d'un village surplombant le Basento, non loin des *sassi* de Matera, que les contemporains, consommateurs de voyage et de documentaires, n'ignorent sans doute pas. Il faut l'imaginer, ce village, Tricarico, tel qu'il existe alors : il dessine une caracole pâle, bouffée, sertie sur une bulle, dont les flancs joignent un empire lunaire, circulaire, splendide et sévère, jonché de tous les côtés de la rose des vents de cirques et de bulles, précisément, mi-herbeuses, grises, mi-mortes (mi-rien). Dans le désert au moins sait-on qu'on gît dans le désert. La terre, là-bas, n'avait pas pu être généreuse avec Lucia, rude. La fille n'y était pas allée à l'école, certes ; elle avait très tôt aidé ses parents, d'honnêtes journaliers, à emblaver les champs, piocher, ramasser les tiges ; avec science, elle avait appris à leurs côtés à écussonner les vignes, émonder les plants, récolter les raisins ; elle s'était abattue sur les sols lorsque leur culture ne donnait pas ; avec rage, elle avait gaulé les arbres, voulu qu'en fussent tombés davantage de fruits, des amandes, des oranges imaginaires, des pommes du ciel ; le choléra avait dû emporter des proches (sa sœur cadette, son père ?). À quatorze ans, emportant ses loques et ses croyances, son bagage important, un peu de la tendresse familiale, dans le sein, la fille avait quitté sa mère, découvert les Pouilles et une nouvelle langue, migré dans une *masseria* à laquelle elle voulut d'abord consacrer sa vie, tout son temps. Elle fut, là, servante de notables, eut des amours et des enfants, partis un jour comme elle chercher du travail, au loin, elle connut pour le principal ce qu'elle savait déjà : le labeur avec fierté, le soleil de jais, la couleur des saisons et ainsi le froid parfois. Si la planète avait été figée, sans équinoxe et sans solstice, sans les jeux de la lumière, les jours auraient été irrémédiablement identiques, quoique, l'erreur est facile, on a tendance à gommer ce qui paraît anodin, depuis notre position, avec notre perspective : plus tard, un esprit providentiel foudroya Lucia lorsque sa nièce Maria la rejoignit, avec son mari et, notamment, son favori, un chérubin de deux ans, aux yeux clairs de tilleul (Donato). Oh, c'est peu de chose mais ils se sont aimés, ceux-ci.

Maria, elle, était restée suffisamment dans les guenilles de ses parents. Elle eût été livrée à un destin semblable à celui de sa tante mais la durée de sa vie, rompue, fit mentir la voie tracée par anticipation. Sous certains angles, elle fut chanceuse. Il faut rendre compte de cette liaison en particulier, ce confluent lointain : elle avait les traits lisses, la luminosité de la jeunesse dans le visage. Elle pouponnait avec le dernier-né lorsqu'elle reçut la visite du petit voisin Rocco, aimable et curieux de rencontrer le minuscule bébé à la peau lactée, vociférant des pleurs. Qu'il était tendre, *Ga-zou, zou-zou*! Rocco et Maria fraternisèrent ensemble. Celui-là caressait le caillou de la poupée, lui mimait des grimaces, revenait chaque après-midi, chipait un gâteau, se laissait cajoler et, au fur et à mesure de ses apprentissages à l'école, profitait de ses incursions à côté : pour enseigner à son aînée la lecture et l'écriture, des rudiments d'histoire et de géographie, même, le calcul ; pour rappeler des principes biotiques que l'expérience avait déjà inculqués à la jeune mère. Cette dernière à la faveur de ces connaissances avait changé de toute évidence. Elle pouvait désormais comprendre les arnaques de ce fourbe d'épicier, lequel, pour un prix fixe, lui donnait souvent moins de café. Un été, alors que son élève était partie, de longue date, avec sa famille, rejoindre sa tante, Rocco quitta aussi Tricarico : gamin prodige, il reçut une bourse pour étudier à la grande ville. Lui, qui avait le cœur poreux et social, fut plus tard poète terrestre et maire du bourg de son enfance, désireux tant de partager la beauté de son monde que de l'améliorer. Il était ambitieux. Il mourut d'un infarctus, au milieu de sa trente-et-unième année. Voilà des indications sommaires et imprécises, quant aux origines de Lucia, ponctuées de détours (Maria, bien sûr, et Rocco) pour une raison simple :

la vie des uns ne peut être appréhendée que dans la mesure où celle des autres, tous en principe, est prise normalement dans sa singularité. Et, plus avant, en passant d'un personnage crucial à un personnage crucial à un personnage, l'image de Donato refluerait, à la fin.

Un coup de tonnerre dans la vie de Lucia fut la démission de son patron, Angelo, un drôle de type que celui-ci, idéaliste et, selon son ancienne employée, stupide, mais gentil, immensément, elle l'adore, mais stupide, stupide. De son père, Angelo avait hérité d'un contingent de salariés (dont Lucia qui, d'antan, l'avait dorloté en nourrice) et d'un colossal domaine, des forêts d'oliviers et d'amandiers, des champs et des champs, de graminées, de pommes de terre, et le fils avait réussi à les faire prospérer, à la faveur de conditions climatiques clémentes (été tempéré, hiver doucement pluvieux). Angelo avait toujours vécu, ou jusqu'à son départ, dans une demeure tel un palais, gigantesque et belle. La porte s'ouvrait sur un hall, plus vaste que certains trulli, où les messieurs déposaient leurs vieux chapeaux et, les dames, les ombrelles. En passant, de pièce en pièce, en enfilade, on était surpris par quelques lustres à pampilles de cristal immondes, et les bougeoirs, en étain, en argent, en bronze, le cuir capitonné d'un fauteuil, les chaises et les chaises, et la longue bibliothèque débordante, ou la décoration rococo, les bibelots de Murano, les gerbes mortes de gypsophiles et les tableaux pastoraux. Lucia époussetait les objets de la maison, indéfiniment, effectuait les mêmes tâches intérieures.

Elle évitait soigneusement de sortir. Dehors, il se passait des choses qu'elle ne préférait ni penser ni –. Au-devant de la cour, dans un enclos fermé par des palis bas en bois, serrés, des sacrifiés vagabondaient. Ils n'espéraient rien (ils sont des cochons). Cependant ils souffraient quand l'un d'eux venait à manquer, et ils craignaient le noir, et ils se délectaient, avec les brindilles et les glands de chêne de Troie, qu'une paume riche et sans regard leur balançait. Ce n'est pas grave en soi mais Lucia, croisant les pourceaux, leurs yeux parés de cils blonds, le pli d'amertume de leurs bouches, oui, inéluctablement, les voyait comme elle en avait vu d'autres, en liberté à l'abord de la grange un mauvais lundi, se prendre plusieurs balles à tête creuse en pleine gueule, par surprise, et s'écraser. Après, la paume nourricière, travestie en tenaille, avait agrippé les pattes et traîné les bêtes à l'intérieur du bâtiment noir, presque invisible, et là, c'en était assez, Lucia ne connaissait pas la suite (la pendaison à un treuil comme au gibet, l'incision dans le mou de la gorge, le dégorgement, le rougissement de la paille, la formation d'une cartographie aléatoire, de sillons minces, de flaques obscènes, s'épanchant toujours différemment, la tonte et les jonchées de poils gisant à terre, la découpe latérale, les doigts glissés dans la fêlure, la sortie des intestins, vessie, prostate, bien sûr de l'estomac et du foie, du cœur en forme de cœur humain). Dans la cuisine, sur la table de pierre, Lucia se contentait de transformer cette vie de cochon en viande, et le cou, plus précisément, en un *chépecùedde* ou *capocollo*, des plus baroques, exquis.

La salle préférée de Lucia était réservée au bain. Un miroir bordé de dorures en flanquait l'entrée. Le sol, les murs, le plafond étaient entièrement recouverts de mosaïques bleues, formant en aigue-marine les flots, des vagues, un ciel doux chargé de nuages, d'albatros et de mélancolies. Lucia y plongeait quand elle chauffait les seaux, remplissait la baignoire blanche d'un coton blanc, d'une eau de magnolia : elle ne travaillait pas, elle avait pris la mer (une mer exhalant la fleur), elle rêvait. Songeuse, elle lavait là le corps gracieux de la mère d'Angelo : hanches fécondes, cuisses, ventre et torse pleins, rebondis, épaules fluettes, cheveux de cormoran, peau mate et fraiche, jusqu'à la mort. Quand il n'y avait personne dans les parages, la domestique s'asseyait devant la coiffeuse d'ébène, face à la fenêtre. Dans sa jeunesse, elle souriait à son reflet ensoleillé. Elle se recoiffait le chignon, se chuchotait des compliments oisifs. Parfois tenait-elle le petit Angelo sur ses genoux et peignait-elle inutilement ses mèches lisses d'enfant très sage, en sombrant dans ses yeux de lune, recopiés sur la glace, distraits. (Le garçon était fort occupé : occupé à tenir une idée, la fourrer dans sa poche.)

Angelo n'avait ni frère ni sœur mais, en grandissant, il ne s'ennuyait guère. Du point du jour au soir, il s'adonnait à une activité sérieuse, et vorace : les bouquins l'engloutissaient. En rangeant les affaires du gamin, Lucia lorgnait par-dessus sa nuque, examinait les symboles dessinés sur les pages. Toutes sortes de figures avaient envahi Angelo : tôt, sans surprise, les images strictes, picturales, des livres de contes français et, lorsqu'enfin il pouvait lire, les représentations tel un tableau changeant au gré des lignes. Ici, une couleur se précise, là, une douleur, un conditionnel, un sentiment, une trace, un profil, une fleur, une forme, une langue, un oubli, s'esquissent, se délient, se déguisent, s'échappent, se gravent, s'envisagent.

Manzoni sans doute marqua le plus le garçon : comment dire pourquoi ?

Une affinité au premier chef : la modestie et la générosité qu'Angelo apercevait chez le poète avaient étreint son cœur, et il y avait eu, par ailleurs, ses hésitations initiales, magistrales, sur la langue à écrire (les collégiens de l'Italie moderne ne manquent pas de les éprouver). Dès *Fermo e Lucia*, l'écrivain entendait utiliser, ou trouver, le langage de ses protagonistes, des amoureux campagnards : populaire, oral, terrien, et le voilà toscan, et milanais, et vaguement mort, et en sus un peu français, avec une pointe de latin. Manzoni en vint à qualifier son style de composite, d'indigeste. Plus tard, il finit de rédiger à nouveau ce roman, le premier roman vivace, *I Promessi sposi*, dans un style stable, réel, se rapprochant le plus possible du parler quotidien mais d'un parler quotidien, celui de Florence : il faut l'admettre.

Grandi, Angelo était resté très préoccupé par les questions, véritables, posées dans les mondes imaginaires, fussent-ils fantasques ou debout, parfaitement réalistes. On pouvait le voir réfléchir, collé à son bureau de palissandre, les poings enfoncés dans les pommettes, les yeux rivés sur le buvard, longtemps. Ainsi s'interrogeait-il, éventuellement, sur les métamorphoses de soi, rêves de la production littéraire : devient-on, un peu, le personnage narré dans cette œuvre ? Comment celui-ci s'additionne-t-il à nous ? Parvient-il à créer dans les êtres en mouvement une nouvelle couche, transparente sensible fine pérenne, bien qu'elle s'écornifle, d'emblée ? Et la transformation dépend-elle de la façon plus ou moins grande, talentueuse, de l'auteur, de la capacité personnelle qu'il a de se changer, lui ? La vérité du caractère d'un personnage, de son histoire dans l'Histoire ou dans la cosmogonie, de ses silences, de ses phrases, doit-elle être absolue ? En d'autres termes, quelle est la place propre dévolue au lecteur ? Dans quelle mesure lui incombe-t-il, s'il lui chante, s'il est meilleur, de combler les béances, corriger les faussetés, étoffer, raboter les apparences, une écriture, un lieu ? Quand doit-il intervenir ? (Incessamment, il est là.) Orfèvre, Angelo était attentif aux moindres détails, songeant, tantôt à tort, que le littérateur l'avait été. Aussi s'extasiait-il d'une phrase tels d'aucuns devant la toile d'un maître, et il désossait, appréciait, divaguait, il s'enfermait dans ses réflexions, ses bouquins de pensées.

Dans un coin, l'une de ses connaissances lui transmit un jour un manuscrit : l'expéditrice s'appelait Margherita di Lucca, peu importe, elle est une figure inutile dans cette histoire (quoiqu'elle soit, non sans paradoxe, utile à celle-ci). Bien que née, à savoir fortunée, Margherita vivait seule et avait de chiches besoins, se contentait d'un petit luxe : elle se nourrissait des légumes de son potager maigre, d'œufs, de livres, elle rapetassait ses guenilles en songeant à ses textes, qu'elle découpait, raccommodait aussi. Son attention, d'abord prêtée à l'aiguille et au tissu, se diluait. D'un seul coup, un beau métier à crochets occupait toute sa chambre. Fictivement, son lieu à vivre contenait un vaste cadre en bouleau et elle n'entendait plus que le tapage des pédales grises de l'activité, cependant que les navettes s'épuisaient, à l'ancienne, et que se créaient sur l'ensouple une image, puis une autre, une autre, qu'elle raboutait les unes aux autres. Se taillaient aussi des échancrures (non pas « les sutures se déchiraient » car ce n'est pas ce dont il s'agit; il ne s'agit ni de sutures ni en conséquence de déchirures. Il y a pourtant les lambeaux d'une texture, et celle-ci se défait, oui, mais pas sans travail. Margherita déchirait la composition, elle mettait en pièces ce qui la formait, elle rapiéçait, tissait, tissait, catissait la matière). Donc: elle scribouillait sans relâche, pour comprendre et s'amuser, et sans succès. Il faut dire qu'elle conservait normalement ses textes pour elle, comme on veut protéger un joyau, c'est-à-dire une chose précieuse pour soi. Au détour d'une conversation, Margherita s'était figuré qu'Angelo eût pu s'intéresser à l'une de ses nouvelles, de *Giufà*. Angelo était resté friand des récits narrant les péripéties de ce héros légendaire de médiocrité. Je-ne-sais-quoi se passe avec *Giufà*, de sorte que son absence totale d'éclat, finalement, lui donne de l'éclat. Le *Giufà* de Margherita était moins sot qu'il ne paraît de façon générale dans ses fables. En tout cas, il avait reçu un brimborion d'éducation puisqu'il écrivait ses histoires, à la plume. Dans son village, on se gaussait de lui : il s'échinait à ses productions ineptes, sans un sou en échange pour le surplus... À la fin de l'historiette pleine de moqueries, le brave *Giufà* réalisait : « Je serai pauvre je suis si bête oui je mourrai tôt ou tôt ! » Angelo avait aimé non pas tant le fond que la forme du texte de *Giufà* (de Margherita), ne respectant pas à la lettre, bien au contraire, les règles de la ponctuation. Il y avait ici une virgule inappropriée, là quelques tirets, points, un terme, déplacés, effacés ! On saisissait aisément trois des fins de ces erreurs : 1] la joliesse dans la scansion, un rythme intime, recherchés, 2] la mise en exergue d'un mot et 3] le jeu, souvent méconnu, au profit, du respect des conventions... C'est peu dire : comme Margherita, oublions-la, Angelo était un hurluberlu... Mais il était d'une gentillesse...

On appréciait Angelo tel qu'il était, et on ne jugeait pas sa juste solitude. Tandis qu'il avançait en âge, on regrettait, ceci étant, son célibat. On eût dû s'en inquiéter, peut-être, lorsqu'il fit bénir ses terres, une fois son père inhumé. Cependant la pratique se révélait courante, non moins chez les païens. On avait assez bien ri, en réalité, de l'encensoir agité par le bras gras et blanc, sérieux dans le camail d'hiver au-dessus du fumier, de la faconde discrète, monocorde et redondante, de l'ancien prêtre. Celui-ci parlait aux arbres, et bla-bla, aux rameaux verts, aux grosses mottes, pourquoi pas, tournicotait, le front vers le haut, ses chaussettes, et bla-bla, amen, croix du flanc de la main, air recueilli et satisfait. Alléluia !

Son époux décomposé, la mère d'Angelo à son tour mourut. Elle fut emportée par le chagrin, on ne sait quel chagrin, on ne sait avec exactitude ce qui la rongeait. Elle s'était perdue, dans sa tristesse, on la constatait. Elle dormait, ne buvait plus. Le fils devint ainsi libre, selon une interprétation non retenue et, un beau matin, conformément aux écritures des fables, un joli matin, il se passa ceci qui eut des répercussions sur la vie de Lucia : Angelo confia ses biens aux travailleurs, il n'en gardait pas une miette. Il s'en allait étudier la théologie, au Vatican. Très bien : dans le monde bucolique et dulcifié du dévot, communiste par défaut, chacun trouverait sa place. Les *contadini* sauraient se partager le labeur et ses fruits. Avant de partir, Angelo eût pu arranger un métayage, ou diviser ses terrains en parcelles. Très bien : par après, quelque cinq ans suivant son départ, le nouveau *sacerdote*, Angelo lui-même, fut nommé dans sa paroisse, celle de Cisternino. Il revint donc au village et s'installa dans la maison curiale, logique.

Entre-temps, l'un des paysans s'était arrogé le titre de propriétaire en usant d'une magouille immémoriale avec les autorités administratives : le pot-de-vin. Il avait acquis les certificats fonciers, au fur et à mesure, misé sur les bénéfices des cultures à venir (ses rentes). L'arnaque avait été imparable. À contrecœur naturellement, il fallait bien manger, Lucia se fit servante de ce voleur qui, malgré la magouille, avait réussi à emporter l'assentiment de la majorité des siens, ses serfs, les petits travailleurs. Lucia en bisquait. Ce rustre avait le verbe facile, savait écrire. Il avait organisé des assemblées constituantes, joué au leader : parlé fort et avec conviction, présenté des papiers, des calculs, des règles, une suite de mots, grandement ésotériques, et force était d'admettre que la suite paraissait à tous géniale, si compliquée, oui, brillante, et elle le fut, pour le voyou. Une fois en poste, il débaucha le précepteur, retraité, payé pour ne rien produire, et les paies des journaliers diminuèrent drastiquement. Ces derniers, la faim au ventre (la faim en guide impitoyable), essuyèrent leur dégradation.

Sur le chemin sinueux, si sinueux, de Lucia, chantonnant, remontant au village avec ses morts, les vivants, le fleuve sur le dos, un prunellier donne des billes couleur de nuit, et le récit se prolonge. Les mosaïques dessinent une mosaïque. La vieille associe les images, entre elles, elle répète : « Et Maria, ma Maria », sa nièce, la mère de Donato. Le couple a été si heureux que, lorsqu'elle y songe, des larmes d'enfant poignent irrémissiblement. Les pleurs s'ajoutent aux pleurs, les gouttes au torrent chétif, le chagrin se multiplie dans le chagrin. Quels imbéciles, quels imbéciles. Maria rencontra Giovanni à la buée. Celle-là était veuve, au mieux, ou abandonnée par son premier mari, qui avait colonisé New York sans jamais donner de nouvelles. Le cou cassé, vers la rivière, Maria frottait les draps avec énergie, remontait sa robe et ses cheveux en ombelles lorsqu'ils se faisaient lâches. L'on avait choisi un jour tendre, ni trop chaud ni trop froid, pour battre le linge. Deux ânes paissaient des crochets de grémil, du millepertuis, des gentianes, du beurre, dans la berme éloignée. Une poussière d'or flottait dans l'air. Les chignons noirâtres et acajou des dames, sous le soleil, formaient des gerbes de sureau au-dessus du sol d'eau. Le lit descendait paisiblement. L'ambiance sur les berges était leste : un groupe d'hommes, la nuque rompue de la même manière, le postérieur en proie à tous les regards féminins, ramassait les fagots juste assemblés. Giovanni, la peau mate, les ongles sales, le front enduit d'axonge, l'œil de fenouil, vif, limpide et avenant, était là, et il avait suffi qu'il guignât Maria, en sifflotant, et que celle-ci jaugeât sa vigueur, ses mains noueuses, ses épaules athlétiques, pour que des décisions irrémédiables fussent prises (au mépris heureux d'un éventuel délai de viduité, l'affaire était faite, plus tard, dans la lumière qu'abricote le ciel en déclin, entre deux rangées de tissu flottant au vent). En souvenir de cet événement, il y avait Donato, notamment, et il y avait, chaque fois que Giovanni croisait l'arbrisseau en fruits, des bouquets de baies de sureau pour son aimée, sa Maria. Lucia n'a rien oublié des chuchotements, des confidences amoureuses, façonnements d'histoires.

La mémoire est comblée.

La chanson est terminée.

La nièce s'évapore.

La vieille dame est très triste.

« Ma douce Maria. »

Morte.

Lucia se trouve éreintée par le trajet essentiel, dans les mondes, l'espace. Elle s'assied, s'enfonce sur les marches de l'église. Depuis le lointain on la voit, sa présence crée un chat sur la pierre claire. Au-devant de la place, des élèves en tenue réglementaire se livrent à une partie de *calcio*. Tous les muscles des garçons se contractent, même ceux du visage, autour de la bouche en particulier, alors qu'ils courent après le ballon de loques, se l'arrachent des pieds, et ils tirent la langue, râlent, s'énervent quand la balle leur échappe et quand un but est marqué, certainement. Ils prennent très au sérieux ce qui pourtant n'est qu'un jeu. Une bagarre s'amorce entre eux. Les chemises se bousculent.

Le podestat se tient à côté du terrain factice, avec le pharmacien. Eux paraissent très occupés, sérieux, ils gesticulent, ils paonnent. Ils se ressemblent : l'un et son singe sont râblés, ils ont le cou engoncé dans les épaules, des airs de soudards ou de malandrins des beaux quartiers, accoutrés de leurs costumes complets respectifs, au plein de cette campagne entière. Au gré du vent, Lucia perçoit : « … Mais, moi, et, moi, je crois … », « je, je … », « … à moi il me semble … » Entendrait-elle qu'elle ne comprendrait pas tout de cet italien-là, pur et vaniteux. La gestuelle évoque, parle, surtout celle du podestat dont tous les doigts des deux mains sont joints et portés au thorax, en cadence. Chaque parole proférée de sa bouche semble de la sorte se ramener à lui. Les compères complotent une énième fois au sujet de l'apprenti berger, puis du maître d'école, du forgeron, puis de quelques jeunes encore. Ces derniers étaient en effet bien cachés le jour où les camions étaient venus cueillir les hommes pour qu'ils s'en allassent se battre. On avait appelé les absents, en hurlant depuis les toits, pourquoi vous venez pas, on s'était enquis auprès de leurs proches, où se sont-ils envolés. Plus tard, par magie, ils avaient reparu : le forgeron s'était rendu en ville pour acheter on-ne-sait-quoi ; l'aspirant pasteur avait gardé des biquettes, dans une ravine humide de la région ; l'instituteur voulait disparaître, et ainsi de suite. Pendant que les élèves crient et que leur instructeur, assis sur un banc, tente de s'effacer, les *galantuomini* abordent en surface bien des sujets, pérorent à propos de la noblesse, de la condition italienne, de la langue italienne, des ravissements tout italiens. Le duo fat, caricatural et bavard, et terriblement passif, fasciste à plus d'un titre, insupporte Lucia. Quant à lui l'enseignant gauche sonne la fin des loisirs. D'une voix molletonnée, il scande : « En rang, en rang. » Sa sommation se perd dans le vent. *en R r an an en en*... Le pharmacien et le podestat le méprisent. D'ailleurs ils ne le voient pas, d'ailleurs ils ne l'entendent pas. Mais les enfants s'exécutent, c'est-à-dire meurent, petitement, quittent leur position d'enfant en ânonnant, semble-t-il, « *giugno-ama-i-frutti-appesi-ai-ramoscelli* », et Lucia serre les dents. Elle rentre à la maison.

Il faut serrer les dents.

La vieille dame dodeline de la canne, attache ses yeux sur le sol, s'abstrait des alentours. Tant mieux : épargnons-lui, à l'avenir pour de bon, ce surcroît de poids sur le dos rabattu. L'ancien Cisternino est un compositeur impitoyable de mélancolies, *do* mineur, *do* mineur, chut, là : des ruelles s'emmêlant les doigts, hélicoïdales et laiteuses, des foyers, opalins de cette façon, qui vous encaissent, vous éblouissent, et les ouvertures dans le lys, les persiennes d'un émeraude profond, abyssal, les nuées de fleurs, magenta-triste, l'azur inconcevable, en haut, d'un ancien temps, les madones noires et cassées, évidemment, leurs cœurs pliés sous le faix du fleuve, une boulangerie, un bistrot, une antique épicerie, l'ignorance absolue des affaires urbaines, la beauté virginale et l'éclat réservé. Il y a loin d'ici à Milan, Venise ou Rome phénoménales, étrangères. Plus : on se sent, soi, appartenir à ce bourg, il nous garde, poitrine et poings liés. Et quand même on ne s'y trouve plus, et lors aussi qu'on n'en vient pas, on y songe par moments, par hasard, sans avoir convoqué de souvenir, par la seule force d'un spleen hallucinant, et on demeure perdu dans son vague, les impressions consignées dans les vignettes de l'esprit, beaucoup de blanc, des silhouettes, un peu de vert, et les bouquets le long des murs. On sombre.

Aujourd'hui ou demain, à Cisternino, c'est une journée comme une autre : condition contadine.

Et aujourd'hui, donc, pendant que Lucia débite des prières païennes, enfin, il est là, oui, véritable dans l'univers, intimidant : Donato a travaillé aux champs. Il les a couverts de cendres et de purin, au moyen d'une fourche, en sifflant une mélodie tendre. Il a regretté la compagnie du jeune cheval, Grazioso, tellement doux et brillant, et qui paraissait si solide, dans sa robe de brocart. Il n'avait pas dû se livrer seul à la tâche durant l'hiver. Il était accompagné de ce poulain, lequel avait avec lui hersé les terrains saisis par le froid, épandu le lisier et tous deux avaient été satisfaits de leur collaboration, de la panne marron tiède dessinant des vallons, dans les allées de givre. Débarrassé de son engin de travail, un soir, Grazioso s'était jeté sur le foin, à sa manière, un peu brouillonne. Il s'était gonflé de l'eau stagnant dans l'abreuvoir de bois brun. Il était dans son état habituel. Il remuait les joues, et l'auge de sa bouche tremblait. Il marmonnait son contentement, vibrato. Lui et Donato avaient discuté de choses intimes. « C'était bien, mon bon, dis, tu as tracé de ces traits, je te vois, tu avances, avec toi, j'oublie, je m'arrête pas, autour de nous ensemble, la terre, et on est bien. Quelle bonne équipe, *méne all' méne*, tes pieds, mon joli, mange, tu es bon. » Au matinet grelottant, alors que la campagne était empâtée d'une neige étrange, limpide, oubliée et fangeuse bientôt, en raison de la pluie à verse, Grazioso ne s'était pas levé. On l'avait trouvé allongé, l'ars étoffé d'une turgescence, pris par le sommeil. Donato avait palpé la bête où elle était gonflée – derrière, dans le poitrail, bizarre, plus de pulsation. L'anticœur avait tué Grazioso.

Après le travail en solitaire, Donato a cueilli les derniers muscaris à toupet, déjà brûlés. Il a pris soin d'en déterrer les bulbes. Il a fait un détour pour ramasser aussi deux pognes de courgettes grosses, marquées de meurtrissures, dans le carré potager de Lucia. Donato aime les courgettes. C'est simple. On peut les apprécier parce qu'elles sont nécessaires, s'il s'agit de manger, ou en souvenir de, ou pour leur odeur verte et lactée, ou le goût âpre qu'elles révèlent quand elles ne sont pas assez cuites, ou leur saveur de confiture sucrée quand elles ont chauffé longuement, doucement. La plante par ailleurs est agréable : en principe, elle donne des clochettes sémillantes, citron, et se transforme en une sorte de palmier fougère, vers le haut, avec des bras longs, qui au niveau des feuilles aurait muté en érable, et dont le tronc est engoncé dans la poudre. En l'occurrence, deux trois limbes sont piquetés en raison des pucerons, et un pétiole a craqué, laissant une herbe blanchie marbrée au sol. Une colonie d'insectes, aux coques rouges et fioritures noires, tribales, dort sous la couverture.

Au logis, Donato a ôté la terre et effacé les meurtrissures, frotté les fruits. Il les a taillés, en deux, et en rouelles. Il a accroché la casserole au-dessus des braises, ajouté les rames sèches et soufflé, jusqu'à allumer le feu. Il a fait revenir les ronds, dans l'olive et le sel. Il s'est épongé le visage tant il avait chaud. Il a tiré six gousses sur une tête d'ail. Et il les a pelées. Et il a vérifié la cuisson, rapide, avec l'enfant dans un bras. Il a déposé ce dernier. Il a prélevé les pièces. Il les a mises à sécher. Il a versé le vin aigre. Les grelots des oignons rôtissent, sans découpe. Et Donato attend sa grand-tante et le reste des gars, les filles. Il empile les pierrettes avec l'enfant et le bébé goinfré somnole, bâille, dans les fumerolles, et le couffin – crr crr crr. L'allure de Lucia la précède. *Tac* de la canne et jambe et jambe. Puis elle entre par l'arrière, dans la lumière sans visage de l'orée du soir, de sorte que son neveu ne la voit pas telle qu'elle est. Il identifie une silhouette informe, privée de couleur, une ombre. Ensuite seulement il voit son aïeule, et ensuite seulement il s'émeut de ses joues rougies de tristesse. L'envie de café au lait est brouillée. Le neveu se tait. Cette douleur appartient à Lucia. La dire plus avant serait léonin et prétentieux et faux. Ah, ça non. Le château de cailloux s'effondre. *Exegit monumentum* et tragédie. Le petit éclate en sanglots. Donato ne comprend pas sa détresse. Cependant il enlace le bambin, cajole sa peine qui ne s'atténue pas. Donato-impudique mais sans mot. Il prend les blocs. Il les assemble à nouveau. C'est reparti. Les formes brutes ne s'épousent pas. La composition, ou l'édification, s'avère impossible. L'écroulement appartient à l'éternité. Lucia frotte ses mains sur un torchon. Elle tourne la louche chaude dans la casserole. Elle prélève une boule, vérifie sa mollesse. « Où tu as trouvé ces *pampascioni* ? Il y en a encore ? » Donato hausse les épaules. Lucia remplit des jarres d'huile, puis de bulbes, puis les gousses d'ail et les piments. L'enfant a repris ses constructions. Donato sort. L'existence a lieu. Le jour continue de décroître. Que l'instant dure, se fige, de grâce, avant le déclin. Le garçon lève, plonge ses yeux dans le bleu blondi de l'infini. Il dégourdit ses muscles. Il a conscience de sa finitude. La vie se mouvant sous ce ciel chamarré est précaire, labile, non plus que toute vie, et elle aura été. Dans l'intervalle elle est : elle ne sera incertaine que dans la mesure où on l'aura ignorée.

Le hibou crache son ululement, il déchire le calme. On penserait ce cri craintif. On se tromperait. Donato observe l'espace s'emboire.

Un sursaut, un interstice, la nuit ne s'éteint pas. Les frères et sœurs sont remontés à la maisonnette. La table a été dressée, c'est-à-dire qu'on s'y est installés ensemble et, ensemble, pour l'heure, on s'abreuve d'un potage aux fèves. L'un ou l'autre autour du repas blaguera, écoutera ou rêvera et songera à la fête. Vivement la noce, pour être unis, et que chacun revienne, et danser de joie des tarentelles, s'embrasser. En secret, on est heureux de ce bonheur prochain.

Après le souper, Donato se demande ce qu'il fera demain ; il est fatigué ; il est temps de rentrer, dormir. Tant pis.

4

Pastorale

Ils avaient la consistance des nuages citadins : gros, informes, blanc vicié. La topographie du terrain eût dû s'opposer à leur présence, là, au creux d'une combe décharnée et dans cette région. Le jeune pasteur les avait trouvés tandis qu'il descendait au village. Un retour s'imposait pour remplir les outres de vin, accessoirement, se réapprovisionner en pommes de terre et informer sa grand-mère du déroulement tranquille du pacage. Le temps redevenait ce crédit captieux s'amenuisant, un obstacle insurmontable. Carmine y était presque, certes, il se dépêchait, courait les buttes et les brèches. Il fouettait le cheval. Il n'était pas poursuivi. Et il ne rompait pas sa longe, pas vraiment. Non, simplement : il était content de rentrer à Cisternino, et en retard. La terre s'assoupirait bientôt avec une grâce particulière. Le petit homme continuait donc de descendre la colline quand il distingua en contrebas la laine en écheveau filandreux. Il s'en était approché, avait compris : l'image parfois précède l'image. Il avait ralenti, progressé au rythme des sonnailles, des meneuses, des criaillements rauques et inquiets, mimé avec le trotteur la danse des croupes en floquets, des ovins. Ses cris, « berger, berger, où es-tu ? », s'étaient noyés dans le val de lune. Le garçon, agité par la découverte, avait ôté son chapeau, dénombré les moutons à bride abattue et, à la hâte de même, s'était précipité vers quelque masure surplombant la vallée. À l'ouest, le crêpe des massifs se charbonnait. Le cheval s'ébrouait. Carmine bourdonnait. Avec la perspective, il n'était guère qu'une tache parmi les herbes et puis la pierre indifférenciée, coexistante. Il balançait son corps dégingandé d'adolescent-type (ses bras, ses pieds si longs). Il s'agaçait du déclin sans prêter attention à sa splendeur injustifiée.

Traversant l'air épais, l'orangé du soleil étendu dardait jusqu'ici, en oblique, en effet, à la faveur d'un encaissement modeste, et il dorait la courte pelouse des brebis, le bleu affaibli des fétuques, il enrichissait la poussière oscillante et mousseuse, exaltait les argents de la roche et la peau de sable et le roux des cheveux de Carmine. Et celui-ci s'affairait : « Ne bougez pas, je vais (...). » Capricant, il frappait à l'une ou l'autre porte, en flammes dans le couchant, bégayait en pointant les égarées du doigt, tout en politesse : « Regarde, dame, dame, tes... Dis-moi, hé, ce sont les tiennes ? Monsieur ? » Hochement des têtes : le clan n'appartenait à personne. Et éclaircissement : les bêtes s'ingéniaient à herbeiller dans le coin comme des sangliers affamés, depuis hier. On n'en savait pas davantage. « Bien ! Je ne suis pas un voyou ! » s'était répété Carmine cependant qu'il redoutait les représailles du maître de la horde, mais très peu, car de loin supérieur à ses craintes, le garçon avait sifflé, emmené les ouailles (expérience mythique : sans peine) à l'enclos de pierres, situé en amont. Il bêlait : « Hé ! Je suis fatigué ! Allez les beautés, allez les beautés, on se presse ! »

Les moutons saufs, emprisonnés, son compagnon de voyage encordé, enfin Carmine put s'assoir, dans l'axe du talus, les pieds en direction du centre et s'échiner à analyser la situation insigne. Il parvint à ces conclusions d'une justesse sans doute précaire : une poignée de moutons ne mastiquaient plus et avaient en conséquence non seulement le goitre mais aussi la panse vidés ; certains museaux, rougeâtres, s'étaient élimés, à trop fouiller le sol pauvre et graveleux. La garrigue et l'eau s'avéraient de fait si chiches, dans l'entaille chaude, que jamais un bon berger, un vrai berger, ne l'eût élue pour estiver. Pour un pâtre, c'est clair : à moins qu'ils ne mutent, ces lieux demeureront une trouée entre le monde et celui des plateaux hauts, féconds, or par ailleurs, au faîte de la saison sèche, le moment n'était venu ni de monter ni de partir. Alors, quoi ? Alors Carmine se résolut à attendre quelque maître et le presque zénith, le lendemain, oui ; patienter jusqu'à, était la chose à faire. Le propriétaire, désireux de récupérer son dû, devrait paraître, ou il serait tenu pour inexistant, à tout le moins aux yeux du jeune homme qui, incontinent, était revenu sur sa propre parole, sans ambages après se l'être donnée en songes, las de l'incertitude, tant pis : il prendrait la route au réveil du troupeau.

Pendant que Carmine nourrissait ses mirages, un homme pouvait le surprendre pendant sa nuit et, saleté de loup, le molester, au mieux le vitupérer, aïe, il rinça sa luette sèche et embarrassée d'une gorgée de lait ranci, puis de vin clairet, rompit un quignon de fromage. La brune s'était évanouie.

À Cisternino, le garçon loua le ciel, ayant mis sur sa route un bélier et une cinquantaine de brebis dont une, au visage malheureux et aux paupières pointues, claudiquait. Il se pointa chez un propriétaire, y traita avec sa femme. Il lui réclama une bottelée de regain gras, en échange d'un futur agneau : « Promis, *signora*, une fois les mises bas, vous aurez votre petiot. » La *signora* n'ignorait pas que l'on pouvait se fier à cette parole. L'affaire fut conclue, à ceci près que la dame refourgua de la vieille paille filandreuse aux ovins. Et Donato besognait là, ce matin. Il cueillait les figues vertes. Il glissait dans la confiture exsangue, chassait les stupides mouches, pestait sur les guêpes en défense, bouffait, bouffait les faux-fruits purs. La patronne le débaucha. « C'est terminé, viens donc. » Et Donato exécuta le prochain contrat, en jetant la pâture insipide dans la cour, enclose par la fermette. Une odeur de pourriture nageait dans l'air. Accommodants, les moutons grugèrent les tiges avec ardeur, comme s'il s'était agi de plantes succulentes. L'un ou l'autre néanmoins arrondit le dos, un peu plus loin, dans les éteules du dernier champ fraichement coupé. Carmine et Donato, qui avaient étudié ensemble, échangèrent des propos lacunaires : là-haut, la vie devenait longue, longue ; j'aurais pu le faire ; tu veux de l'aide ; comment ça se passe, ici ? Donato n'avait pas de travail pour les jours à venir. Il finirait par en trouver, n'est-ce pas ? « Oui, parfait, on a besoin de toi. » Carmine ainsi embaucha son ami.

Le petit pasteur se rendit ensuite chez l'apothicaire. Il y a souvent un ragotard, le genre de type au courant des événements des alentours. C'est lui. Une idée de la provenance des animaux ? « Sais pas » avait-il pesté en agitant la main, courte et catégorique, avec intempérance, déçu de n'avoir lui-même pas d'indication quant à l'anomalie. Il était d'habitude jugé d'après son bla-bla, et sa délicatesse, sa carrure, ses râlements, son savoir pharmaceutique de vieux bovin en blouse blanche. On avait beaucoup affaire à lui. Il ne se contentait pas de prodiguer ses soins surannés aux gens du village ; il pourvoyait aussi aux besoins des fermiers et des éleveurs en médication animale. On ne se fiait pas à ses prescriptions. Il disait des mots barbares tels que cachexie, distome, coryza, vus d'un mauvais œil. Et ses conclusions éloquentes et péremptoires dérangeaient, alors que ses traitements s'avéraient aléatoires, somme toute, on sentait ses incertitudes lorsqu'il préparait les emplâtres, ajoutait ceci, mélangeait les boissons thérapeutiques, complétées par cela. Si son ton était assertif, c'est en réalité qu'il avait besoin de se convaincre. Il n'était ni médecin ni au demeurant vétérinaire. Après avoir répété aïe, et ver, ver et quelques mots savants, à la brebis boiteuse, en l'occurrence, il administra une faible dose de pénicilline, coupée de feuilles de thym (et de cailloux crétacés, selon l'amalgame préconisé par Carmine, pour épargner l'estomac moutonneux). Le remède en désordre était, on le devine, parfaitement inapte à remettre la bête sur patte et celle-ci dut être laissée sur le carreau. La brebis souffrait de tournis, le tournis du mouton est une maladie, mauvaise, vraie et larveuse, et la malade tournait, tournait comme une mauvaise tête, et elle remuait la tête, comme pour dire non. Elle allait bientôt se raidir et, bien que raide, se cambrer en tous sens. Elle ne ferait plus long feu.

Carmine put enfin embrasser sa grand-mère, capricieuse et inquiète au point d'exiger que, une fois par estive, son petit-fils revînt au sud pour donner des nouvelles.

Et le garçon traîna devant la maisonnette d'une fille brune. Natalia. Il longeait, relongeait le blanc, toussait, balançait une pierrette ; il attendait une réaction, une silhouette féminine, adolescente aussi, perçant l'embrasure de l'entrée ; il s'arrêtait, fixait son regard là où devait paraître le front brillant, les cheveux petits, d'un caractère libre, et gigotait à nouveau. Des hommes inconnus sortirent, remuèrent la nuque, pincèrent la bouche, mimétiquement, en direction de Carmine qui en retour leur adressa un sourire étroit. À l'intérieur, Natalia alluma la mèche de la bougie, posée au chevet de son père, scella son visage, ses yeux maquillés. Les siens, à elle, de teinte et de forme amande, tirant sur les côtés de son visage d'oiseau, avaient mouillé ses pommettes courtes, ses chairs fragiles ; son nez grand, épaté, délicat, était alourdi par l'eau. Elle et sa mère se serrèrent, s'unirent, se séparèrent. Et cette dernière sertit le corps de son mari d'un drap, ainsi l'on recouvre un défunt. Elle s'assit près de lui, tomba sur le tissu. Et dire, que la famille avait quitté Milan auparavant pour éviter, ceci, ceci d'inévitable. La fille brune dut sortir, vêtue d'une tenue de circonstance, en tenant une jarre. Son habit avait l'air d'autant plus funeste qu'il était de la couleur d'une chemise, d'une chemise donc noire. Les sourcils rouges de Carmine parlèrent, se froncèrent à la vue de son amie particulière, noire et abattue. Celle-ci vint se blottir, les poings relevés sur la poitrine, contre le torse ami. Elle sanglota, prononça mal : « Mon, mon, paix – père mo mon – mort. » Les sourcils de Carmine indiquèrent son désarroi, son incompréhension et, incrédule précisément, il balbutia : « Quoi ? » La jeune fille confirma sa phrase par l'étreinte forte, et elle se dégagea, baissa les paupières, arqua les lèvres. Alors c'était vrai. Une voix s'épancha depuis l'intérieur. Sur un ton calme, soumise, elle chantait des psaumes. « Je vais prendre l'eau » pensa Natalia et elle ramassa la jarre, fit un geste de la tête à Carmine, l'air de dire : « On va par là. » Sur le chemin vers la pompe, Carmine enroula sa main sur le flanc de Natalia, l'enserra, l'enserra, ce qui signifiait : tant. Le garçon aida son amie, abaissa plusieurs fois le bras de la pompe, le bleu coula, oui, coula pur, gicla, rafraîchit l'atmosphère. Des enfants s'amusant s'interrompirent. L'un songea, littéralement, on dirait des fées qui sortent du robinet. Et Natalia ne savait plus ni où elle était ni ce qu'elle y faisait. Elle prit congé, sur un ton de machine, et confia un baiser à l'oreille de Carmine.

Le garçon dormit seul, sans avoir mangé, dans le logement familial de la place aux contrevents verts, ouverte et si jolie. La tour de l'horloge veillait sur lui, les heures coulaient juste, rythmées par les aiguilles. La grand-mère s'était inquiétée du manque d'appétit du petit-fils ; elle avait tenté ses meilleurs coups, les *taralli*, les amandes. Carmine repartit triste, au début du matin, les gourdes de peau pleines, le coureur métamorphosé en bête de somme, l'échine chargée de bâts et de victuailles, accompagné de Donato qui devait l'aider à contenir le bétail magique. Assez mécontente de l'opération, Lucia se déplaça, en vue de gronder Carmine. Elle s'agitait sur sa canne, plissait ses vieux petits yeux aquatiques : « Je te dis, Donato vient, cette fois. Après, c'est terminé. »

La mêlée avait ainsi pris le départ, Carmine en chef, au front du troupeau, et son ami à la queue. Celui-là savait le chemin et Donato réaliserait dans les faits l'importance de sa position subalterne : il fallait multiplier ses yeux, motiver et attraper les brebis distraites, rossardes, lentes ou gloutonnes, attirées par les pâtures de l'ourlet de la draille. Mais Donato n'eut à user ni de l'aiguillon ni du chantage. Il n'avait pas dû crier, prier, il était allé, tel ce vent neutre qui le poussait, d'un mouvement à l'autre, fluide, mécanique. La route fut longue. Elle se présentait comme suit :

elle commençait au bout d'une ligne arrondie qui montait et décroissait à mesure qu'elle montait, et les deux garçons avaient tracé leur voie avant le sommet, puis la descente, la chute, du côté opposé. Ils avaient recommencé l'exercice, parcouru ensemble des pentes et des descentes courtes, vastes, chuté. La réalité, saturée de matières, dense, non moins que toute réalité, était incertaine, mystérieuse, au mieux labile ; elle devenait une maigre poésie, de celles se rêvant sottement aptes à retranscrire de façon brute, quasi philosophique, une esthétique naturelle, désespérément complexe pour le regard bien incomplet, incapable de la percevoir dans son immensité, sa temporalité, ses détails, alors pourtant qu'il la forme, c'est-à-dire qu'il en fait partie.

Il y avait sur les lignes des jeunes corps d'hommes en devenir, par-ci par-là des blocs, des blocs solitaires, des blocs empilés, surplombés de cônes, composés de rectangles gris. Souvent, admettons qu'il n'y avait rien, et lors même qu'il n'y avait rien, il y avait tout, à l'entour, le friselis, le flottement dans les airs, quelques chants, sifflements, coutures, bêlements de joie, battements, et hennissements, mouvements depuis la roche, balanciers, éboulis. Il fallait croire à quoi quand, parfois, on se sentait piégé par les murs de calcaire ; gercements ; interstices ; qui-vive ; écartèlement ; manœuvre ; l'espace devenait un geste. Le crépuscule s'était levé, les aubes avaient surgi, combien, trois, cinq, six, ou dix ou quatre, d'une consistance particulière ; orange, bleu, rouge, nuit. Plus la troupe s'était enfoncée loin, vers le haut, vers là-bas, vers les cimes, vers le bas, et ainsi de suite, plongée dans l'ébauche molle des pâturages, plus des traits droits s'étaient élevés, uniformes jusqu'au feuillage. Aux côtés des deux pâtres, adolescents, les petites masses joufflues s'étaient déplacées sans jacter et en apparence sans effort ; placidité ; zones d'ombre ; ravissement ; monticules ; partout, des entités grouillaient, rampaient, voletaient, vivaient, vivaient, fleuraient des substances plutôt plaisantes. Des gouttes, séminales, de tous genres, perlaient ou sourdaient des peaux et d'étendues diverses ou déviaient. Et il y avait les joufflures, dont ces gouttes pouvaient provenir, maigres, jetées avec indécision au-dessus de la surface dominant les blocs, les cônes, leurs rectangles, les traits, petites masses joufflues, monticules, entités, substances, et Carmine et Donato. Et ce dernier, quant à lui, n'avait jamais pris les sentes de la transhumance, s'était étonné du cœur de cette terre qu'il voyait pour la première fois, considéré fortuné, puissant, dans l'or de son pays d'or.

Vint la fin du trajet.

Le troupeau trottait en calme. Les sonnailles et les bêlements donnaient leur concert qu'on dit joué par la terre. Et un morceau de flageolet surgit dans l'air. La mélodie, son travail, avait rappelé la vie, les oiseaux. Elle avait d'abord été imperceptible, associée aux bruits du milieu, pas plus volumineuse que les trainantes blandices des grillons à la tombée du jour, puis elle s'était amplifiée, rinforzando, stridente. Il ne restait qu'elle. Elle avait jailli de la prairie, devant, ou non, du ciel, sûrement du ciel, roulé pareille à une marée, sans quitter son creuset, sa cage énorme, énormissime et étourdissante, s'était mélangée aux particules intérieures et au sein de celles-ci. Elle était palpable. On pouvait la déposer dans son esprit.

C'étaient les lèvres grêles et grises de Cloe qui pinçaient l'instrument, légato. Et ensuite plus rien : la musique s'était subitement évanouie pour Donato, lorsque celui-ci, au point d'arrêt, se fit surprendre par le terme illimité, la réunion imparfaite de tous les éléments qu'ici rien ne déséquilibrait.

Le cheval avait craqué, encore chargé. Les deux essaims de moutons s'étaient amalgamés et trouvés agités tels des enfants, en fin d'après-midi. « Hé ! Que se passe-t-il ! *Ciau*, Donato ! » Ce dernier reconnut Saverio, sa silhouette sèche, son beau visage zoomorphe : l'arête du long nez enracinée dans le front rayé, sa mâchoire avancée, ses joues, sa peau, ses lèvres envahies par une barbiche frisée, soyeuse, ses iris bruns immense, d'une douceur éperdue, étonnés, pointant les bêtes : « Bah ! D'où elles viennent ? » Le retour de la question impossible : c'est un trésor d'enfant ou de roman ou d'aventuriers, et Carmine l'avait découvert, voici, voici ce que ce dernier n'avait pas précisé par cette phrase. Il resta sobre et factuel, et le père ne comprit pas et, malgré son niveau d'éducation, se contenta du manque d'explication. Tout ne s'élucide pas. Saverio rentra les moutons. Cloe embrassa son frère. Cloe guigna Donato.

Les petits bergers s'affalèrent dans la pâture délicate, un brin grenue, moussue, parfois dangereuse, cailloux, câpriers, gentiane et séneçon jaunes disséminés. Carmine voulut s'endormir sans tarder. Saverio rejoignit les enfants.

Les journées étaient éreintantes.

Pour se récompenser du travail accompli, les quatre compagnons se versèrent des bols de vin, tiédi par la longue excursion. Ils contemplèrent le safran en nuages au-dessus des crêtes, le dessin des mamelons, des conques, les confins certains du monde, de tous côtés, l'amoindrissement, le lavis et les déchirures arachnéennes, amples, la saturation. Les mots existaient, oui, ils n'étaient plus pertinents. Plus d'oiseaux. Dans les limbes de la nuit, Donato était ivre, non en raison de l'alcool ingurgité, du ventre mi-vide, non... Non, il était ému, rosi, transporté vers le haut, oui, exalté, et néanmoins très précisément ancré, les reins, les talons sur le sol, la pupille dilatée, accrochée à ce qui est : un mont, la bouche du ciel, une paillette. Il devait être terriblement présent, attentif, absorbé, et de ce fait aussi absent (ivre). C'est que la vie était possible ce soir, restait à faire, à créer, à inventer dans l'immense paysage et par-devers lui.

On voudrait le cliché parfait et la beauté absolue pour qui s'y abandonnerait. On désire embrasser le front de la beauté. On appréhende à tâtons, à ambages, à sa façon, l'idée de celle-ci. On se tient devant la vue et ce n'est pas elle qui est belle, les montagnes ne sont rien sans les arbres au loin, ne sont rien sans les fleurs jaunes, ne sont rien sans les exhalaisons sauvages, ne sont rien sans les pâtres, sans l'infini, sans les images additionnées, et de la montagne, des arbres au loin, et des fleurs jaunes, et des exhalaisons sauvages, des pâtres, sans leurs regards posés sur l'infini. Tout est rien, si on n'y est pas attentif. Alors on continue, de dessiller ses paupières, on sent une vague personnelle emporter le bas-ventre au sein du bas-ventre. La secousse des hanches est intense jusqu'à en être douloureuse, jusqu'à une fracture ténue, une césure néanmoins, disjonction du crâne, ça, c'est beau, pour soi, ça fait peur. La narration n'est pas neutre. On se tait. On continue, de dessiller ses paupières avec intensité, d'avaler, de façonner,

et la vague est scélérate et la matière absorbée, projetée, devant et dans les yeux, passe par la gorge, mal, trouée, remonte, tente d'adhérer à l'esprit, fluctue, tant et si bien qu'on ne sait plus si elle est ou si elle a été ou si elle se ramène à une fiction, et la matière concrète continue, de s'étrécir, devient point.

On ne la voit plus. Elle disparaîtra.

Les images de la splendeur, de la grandeur, l'image de la certitude ou celle au contraire de l'incertitude, je m'interroge : ces images-là, sont-elles moins des images que l'image effacée ?

Ceci est : Donato s'endormira. Donato finira par s'endormir. Donato dormira comme une pierre ou, malgré la fatigue de la chair, est-il sujet à des insomnies ? Attendait-il parfois la tête écarquillée par les questions, dans le noir qui corrompt les pensées, d'enfin revoir les choses réelles et immédiates, la lumière, une souche, les herbes, la laine replète, les condisciples, la lumière, oui ? Ou profitait-il parfois de la bulle de la nuit pour rêver sans relâche, sans sommeiller ? S'éloignait-il de son grabat, seul, en veillant à ne réveiller personne, sur la pointe de ses orteils de limon ? Se baladait-il plutôt en ne songeant pas, ou juste à la caresse du vent sur son front paisible ? Ou, quoi ?

Sans aucun doute : c'était l'été. Et sans doute : les poitrines étaient-elles restées chaudes, animées par un feu brésillant lentement ; les pasteurs avaient-ils pris un plaisir à s'immerger ensemble dans la nuit effrénée. Peut-être qu'ils avaient tu cette inclination partagée, organique, pour les constellations plutôt que pour le karst d'une grotte, pour la lune grasse et basse et rousse, soleilleuse, de ce noir-là, le bercement des courants.

Il y aurait eu un bruit, un craquement, une image et, comme sans raison, la nuit aurait été propice à de mauvais rêves, des craintes, des questions éternelles : comment composer l'œuvrette, la vie, dans les circonstances qu'elle nous offre par hasard, et voici en résumé ce qui tarauderait Donato, endormi. Dans ses songes, celui-ci se verrait : sauver sa mère, sauver sa mère, Maria, Maria, morte ; ou poignarder l'apothicaire pour des miches au coin d'une ruelle, devant la devanture verte, et s'encourir, s'enfermer dans la forêt ; ou partir en train pour la première fois jusqu'à Rome ou ailleurs, dans le Nord, le pays inconnu ; au village, errer lentement, avec la vieille Lucia et les gamins ; ou vagabonder parmi les loups et les moutons dans les montagnes, indécis ; exister sans raison en rôdant sans raison, d'un point à l'autre imprécis.

Semblables à des gémissements, les fables par moments paraîtraient se mélanger. N'est-ce pas que Donato tuerait un pharmacien romain derrière un wagon égaré dans l'obscurité d'une haie, dans un bocage, pour du pain, ah ça oui, pour du pain pour sa mère, Maria, Maria. Et l'homme geindrait comme un animal sacrifié, qu'il se fût tu ! Et inlassables sous la lune les cauchemars tels des tourments reviendraient, tantôt déformés tantôt solides. Le problème des figures du sommeil est qu'elles sont aussi fixes qu'invraisemblables. Taillées dans la brume, elles s'accrochent à nous, et quand, dans l'égarement de la fatigue, elles se muent en obsessions, en résolutions à prendre sur-le-champ, partir ou rester, partir ou rester, on en est submergé. Ces représentations si lourdes ne sont pourtant pas plus que ce qu'elles sont : des chimères. Elles n'exigent rien de nous. Elles ne façonnent d'aucune façon de sculpteur ce qui... Il suffit de dormir.

Au brouillard nocturne, dans le pacage, succéda celui du matinet, de la lumière ténue, de l'œil inepte, des roulements des aigles et des échos des moutons, impossibles à démêler.

Donato se serait-il réveillé en pleurant ?

Le premier jour aurait été relativement calme.

Ou :

le premier jour fut calme.

Saverio fit connaissance avec les bêtes. Carmine, sagace au sujet du règne animal, lui indiqua celles qu'il fallait surveiller de près. Il désigna la brebis gravide. Les animaux étaient joyeux, bêbê, dingeling. Ils se trouvaient à leur juste place dans ces étendues vastes et généreuses qui, du point de vue de l'humain, d'ici, s'apparentent à un désert. Carmine connaissait des phases d'abattement en altitude (il y a trop de fougue en lui pour l'été en alpage). Sa gaieté, son entrain, sa politesse habituels s'étaient évanouis, métamorphosés en un sentiment maussade, vaguement révolté. Souvent, la tristesse s'installait dans sa poitrine pile au moment où sa tête redoutait qu'elle l'assaillît. Durant ces épisodes chagrins, le garçon bottait les romarins, bottait les fleurs fragiles, pestait contre la chaleur, pleine et arrogante. Il disait : « J'en ai marre, tellement marre. » Il détestait son père berger, hurlait sur les moutons, désagréables, bêbê, dingeling. Il maudissait aussi bien l'intensité que la platitude de cette nature. Il lui accordait tant, bras et jeunesse à mort, et n'obtenait d'elle, si reconnaissante, que son sombre génie : la répétition.

Le soleil dur donnait tout toute la saison.

Cette fois, Carmine était désolé tel un désert (sec, nu, de sable) en songeant au deuil du père de son amie particulière, Natalia. Le matin, il avait réglé son isolement, par une vérification sommaire de la santé des brebis, en leur jetant à peine plus qu'un coup d'œil, et il avait marché, jusqu'à un coin de rivière solitaire avec le cheval. Il était resté des heures durant couché, prostré, le dos sur le dos de celui-ci, les membres flasques au-dessus des reins, et sans idée. La lumière se frayait un chemin dans la croupe d'un saule. Ronde néanmoins, elle brûlait les cheveux roux de Carmine, davantage, les taches brunes de son visage. Le garçon avait mal. Il sentait la redondance, se perdait dans la croyance tacite (indicible par sa bouche à ce moment) d'un futur constitué du même ennui, des mêmes douleurs, joies ténues aussi, lesquelles, en se réitérant, ou se décalquant, s'amenuiseraient, tandis que l'ennui et les douleurs, au contraire, se trouveraient décuplés par l'effet du temps.

Durant son séjour à l'alpage, Donato n'éprouverait pas de souffrance. Il observerait quant à lui d'un œil naïf et amoureux la vie nouvelle d'en haut, et Cloe, beaucoup Cloe, moelleuse et légère comme tout.

Au zénith, aujourd'hui, les deux s'en vont promener. Elle le saisit par le poignet, l'emmène à la rivière, « suis-moi ». Il se laisse faire. Il marche derrière elle, derrière sa silhouette, telle une ombre. Mais son ombre à lui se place devant lui, voilà un petit phénomène pratique pour se rappeler son existence. Elle va pieds nus sur la pelouse piquante. Ses chevilles sont fines, en lignes. Elle est plus grande que les filles d'alors. Elle semble forte. Elle avance, se retourne par moments pour vérifier qu'il ne lui échappe pas, celui dont elle serre le bras, et elle ralentit. Au gré du déplacement, sa robe s'évase, cette robe douce, parme, ajourée par endroits, surbrodée de gaze au-dessous du genou. Ses cils, sa chevelure ample et brune, le galbe de ses bras, sont rougis par la chaleur, et par un certain genre d'amour : celui, embarrassant, naissant dans l'instantané, d'un mouvement de surrection, de quoi au juste, on ne le sait pas, et bel et bien embarrassant, ceci étant, parce qu'il écrase, domine qui le ressent et je dis ce mot, en outre, parce que mon caractère s'embarrasse assez de ce qu'il ne maîtrise pas et, de plus, tient l'amour subit pour une affaire trop corporelle, un peu stupide, et je sais : c'est stupide. Cet amour est rouge aussi en tant qu'il est par avance désolé, non qu'il soit vide mais il aura de la peine. Sa durée, son existence sont impossibles alors même, de façon paradoxale, qu'il est, et il est puissant. Elle sait : lui la quittera et elle, elle restera la poitrine en marmelade, à la montagne, au moins jusqu'à la fin de la saison. Qu'on ne s'y méprenne pas, en napée elle appartient aux pâturages. En attendant, on connait la suite, celle qui s'écrit. Ici quelque chose s'emballe

c'est un cœur.

Les deux s'arrêtent là où le sol mollit le plus, sous le couvert du saule dont le feuillage, peut-être, bouche le ciel. Elle s'allonge, dans la direction du flux, enfoui ses membres dans son vêtement, sur la marne mélangée et privilégiée forme du serpolet, riche, où un azuré fond, sort la trompe, aspire le souffle de citron. Il est assis vers l'aval. Il a relevé les genoux et les mains croisées. Une pie-grièche écorcheur s'énerve, recouvre le vent, le flot, la quiétude, de ses cris dépassés. Elle a les lores bandés de noir et l'air terrible, avec ses pattes cernant le bois. Elle remue ses rémiges par saccades. L'irrégularité de ses mouvements ne masque pas qu'elle sait, ce qu'elle veut. Elle prépare un mauvais coup. Et, en effet, elle ouvre grand les ailes, délaisse la branche craquée, disloquée, vole avec délicatesse, vole avec délicatesse, et larde le jeune adonis de son bec. La vie est courte et amincie. Puis la pie pivote, navigue au ras des halliers avec sa proie en haillons dans les cornes, et empale le restant de papillon sur une épine. Il faut la voir, cette indécence, cette violence, dans le duvet ambiant. Et elle, la fille, elle colle sa tempe sur la berge. Au premier plan, sa vue se pose sur la mousse, accroche ce qui la jouxte, l'ocre des lichens, et plus loin se perd sur l'onde. Et lui, le gars, il est conduit par le roulis, emporté au point de fuite, il voudrait savoir comment savoir jusqu'où le cours s'épanche. L'eau est un éclair les traversant, et part, se retrouve loin, là-bas, s'emplit d'autres gouttes ou s'évapore ou s'assèche, devient calcaire, brin à brin. Et elle... Elle ensevelit la terre et les cailloux grèges, et la végétation, et les conques invisibles de son brouillard de mèches cachou, porte vers le haut son nez long qu'elle a, comme son père, en saillie sur le front. Et elle le pénètre, parce que c'est ce qu'elle fait, pénétrer les yeux, les yeux de tilleul, et la réponse : il soutient son regard en chevrotant. Il ne la touche pas. Il pense qu'il n'oserait pas. Nûment, elle fait un geste puis hésite, se ravise, esquisse et toutefois continue d'enfoncer ses pupilles dans celles de celui qui la regarde. On entend au loin un sifflement, non pas d'un chant mais d'un message se répétant, hé, ho, trois fois. La fille et le garçon sont sourds. S'ensuit la danse, le ballet déjà joué, un peu ridicule, amorcé par les muscles qui, en toute indépendance, on aurait l'impression, font l'expérience d'un sentiment brut, que l'esprit doit encore concevoir. Le peut-il seulement ? En quelque temps, dans le souple silence de la rivière, elle se redresse, s'adosse à l'arbre, pose le bassin sur une pierre, et lui, dans le tempo, la placidité de la rivière, oui, son courant rassurant, se couche, installe sa nuque sur sa cuisse, son crâne dans le repli des jambes. Le corps de la fille sent la pierre chaude, et les ventres houlent, et les pulpes vaguent, et les deux flottent sans crainte aucune, jusqu'au beau milieu du bleu. Là, là, ils se liquéfient. Ou réciproquement ils flâmment.

Le moment (les secondes, les minutes chétives mises bout à bout) est petit : il n'est que ce qu'il est, un moment de vie minuscule, gracieuse, jamais souillée par ce qui pourrait advenir entre les amoureux, l'union impossible voire indésirable (pas de baisers faibles, pas de disputes, pas d'habitudes) – parce que rien n'adviendra entre eux, rien n'existera.

Cependant là elle caresse le haut de son front liquide, passe ses doigts, ses ongles, fort, dans la sargasse de ses cheveux. Elle entortille. Elle égrène. Elle lisse. C'est agréable. Lui baisse les cils. Une tendresse s'écoule de son visage fermé, grâce à ses lèvres convexes, ou grâce au grain de sa peau jeune, ou simplement parce qu'il l'est, tendre, et que cette qualité se palpe de façon très immédiate comme on touche l'eau pure. Et elle continue, elle frotte sa joue à lui, ses cernes à lui, ses sourcils à lui. C'est agréable. Limpide. Seules les illusions subsistent. Oui, il sourit. Il s'est abandonné en route.

Il nage au beau milieu du bleu. La vie s'est échappée de ses pores et densifiée autour, plus ses paupières se faisaient lourdes. À cette heure dans le cortège herbeux, des nymphes font la ronde main dans la main. Elles sont identiques et néanmoins si différentes. La liberté les transforme, leur sculpte une aura propre, colore leurs pupilles à chacune autrement. Elles ne suivront pas le chemin à rebours. Elles refuseront la métamorphose. Hors de question de se changer en roses sages, inodores, en roses de viscose, de dimensions réduites et réelles, empanachées de vide. Oh, elles sont joyeuses et, plusieurs sifflent une ariette joyeuse et, en oscillant sous le vent, inconscient, inconsistant, leurs jupons violet pâle retroussés à la taille par une corde violet pâle forment des fleurs sauvages, joyeusement de la lavande vraie, à cueillir. Et les noms sont perdus, et néanmoins se laissent bercer. Dormir, longtemps de ce sommeil, non pas morne et redondant, mais vivifiant, heureux. Calme... Se rêver, pour peu qu'on le connaisse, Épiménide de l'amour, gorgé de celui-ci, cet amour, grâce à une interminable sieste de cinquante-sept ans.

Au réveil, Cloe dit :

Les mots parfois déjouent la phrase. Donato sourit, oui. Il portera sur le dos ce bonheur : son nombril encaissé, avec elle, Cloe, totalement amoindri par sa délicatesse.

Exécution souveraine des cœurs. Fusion furieuse. Désinence muette, d'un cœur.

Si la vie doit se résumer à un point, à un après-midi, si un seul souvenir est rappelé à la mémoire, peut-être s'agit-il de celui-ci.

Pendant ce temps, les brebis auraient repris du poil de la bête, tondu le pacage, lampé les orchis, les violettes, les gentianes épicées, les lys longs et orangés, échancrés, amers, débordants de pistil en cette saison, ici. De retour avec le groupe, en riant, Cloe explique une esthétique à son ami : dans le vert, elle lui montre une fleur magnifique selon elle, esseulée, un iris, selon toute vraisemblance, l'iris Cloe, car celui-ci n'est alors pas désigné, car la plante à la tige haute, aux pétales gras, violets, violet clair, mousseline, demeure inconnue, mais elle n'a besoin de personne, là, elle a germé, poussé, va dépérir. Elle est si fragile et elle n'existe pas. On ne la voit même pas pour ce qu'elle est, une fleur, juste une fleur, une importance en soi.

Donato singe les moutons, il veut bouffer puis recrache les pétales, au goût pisseux. Carmine s'énerve : « Où vous êtes restés ? J'ai sifflé, Cloe, tu n'as rien écouté ? »

Cloe et Donato fouilleraient les environs. Ils observeraient, condition nécessaire, et découvriraient, jouant au caméléon sur un iris, une rosalie alpine, le corps chétif d'un escargot bouffé par un cychre en brillant uniforme, dans l'ombre d'une pierre suante, une boule de soie charriée par une chenille, les pattes en désordre, à l'arrêt, à l'affût de rien, alors que les fourmis de feu nettoient. Quant à elle, la mollassonne engloutit un cheveu et s'en va, poussée par ses tropismes comme par la bise ou le simoun. Elle vit une de ses vies. Et voilà un papillon à la trompe vive et en virgule, plus longue que l'aile repliée, ocre jaune, avec ses trois tagmes isabelle de grillon un peu triste, comme cette phrase, en proie à une bourrasque – de quelle espèce s'agit-il ? Les insectes sont des îles – et, au bord de celles-ci, parfois des écueils. Celui qui à l'instant passe, pique et rendrait fou. Fou, fou, fou, c'est pourquoi il fait peur. Donato et Cloe devineraient, décidément, ce qu'est un ventre, cette partie de soi insatiable. Ils s'aplatiraient davantage, le nombril dans les herbes. Elle les trouverait douces, lui se gratterait. Puis sur la pointe des pieds ils se relèveraient et d'abord ils tendraient l'œil silencieux des plombes durant. Car, oui, il faudrait rester longuement dans un état de contemplation, en apparence lénifiant, pour apprendre, identifier une anomalie, un nouvel animal, un mouvement étranger. En d'autres termes, le temps paraîtrait inutile, pourtant nécessaire et enivrant, enjôleur, et il faudrait accepter, parfois, de ne rien trouver, et rendre compte de son échec, transmettre la chiche conclusion sans la falsifier

et, dans cet ensemble illimité, une jeune cigogne, à la robe d'un noir assez blême. Elle est pleine d'assurance sur ses jambes rouges mais sûrement fatiguée. Elle s'élancerait, à peine arrivée, elle repartirait, n'importe quoi. Non, elle fuit les humains. On l'apercevrait plus tard, le bec ouvert sur un lézard dont la queue remuerait, dans un entortillage de branches, perchée au bord d'une dangereuse corniche. Qu'aurait-elle décelé, à l'endroit, justifiant de s'éterniser ?

J'ai ma petite idée.

Il faudra la creuser, cette idée, avec méthode la vérifier, la retourner, gratter la réalité (mettre la fiction entre parenthèses).

Et si l'oiseau avait mal.

Et si l'oiseau était spécial.

Et si Donato et Cloe s'endormaient, le monde est bien le même.

Et la chicorée se ferme (ainsi vient le soir, la lune de loup).

Avant l'assoupissement, qui sait, la coterie veille tard.

Saverio débite le *canestrato* au canif. Carmine tend les rogatons de pain, ramenés du village. À la fin du repas, Donato sort de sa poche un mouchoir, je dirais, noué comme un ruban sur un paquet-cadeau. De ce tissu défait, il retire des cailloux, les suçote. Pris dans la bouche, en fusion avec la salive, ces bonbons fondent et révèlent des saveurs particulières : celles rondes et salées des olives ou surettes des noyaux de prune.

Avant la nuit, Saverio confie une histoire.

Il s'agit d'un récit, travesti, infidèle par essence. Il fait froid dans le dos des garçons, en raison de la coïncidence des prénoms, mais pas seulement. Un Carmine, surtout, et un Donato y jouent les rôles phares. Saverio hésite, se lance :

« L'histoire est celle, je n'y avais plus pensé depuis, ah, tu sais, mon chéri, sinon, bon, elle est celle de Carmine, Carmine Crocco. Ce Carmine-là, Carmine Crocco, venait du milieu des terres, bien plus bas et de ce côté (Saverio indique la direction de son pouce). Notre famille connaissait la sienne parce que. Son père était berger. C'était dans les années 1830. Je crois qu'il faudrait commencer par ceci. C'est. Un chien imposant, était-il perdu, avait dévoré, cru, un pauvre, un lapin, des Crocco. Et bam ! En retour, le frère de Carmine, Donato, tua le cabot à coups de tricot. Deux bêtes étaient mortes. Qu'est-ce qu'un lapin ? Qu'est-ce qu'un chien ? Cette suite d'événements, ah, rapide... Et une véritable tragédie se... Bon. Le malheureux cabot. Il appartenait à un gars puissant, Don Vincenzo, et j'aime autant mieux vous dire. Oui. Don Vincenzo donna une sacrée correction à Donato. Il le rossa de coups de... Mmh... Et la mère des enfants – les deux petits n'étaient, voyons, que des enfants. Elle avait le ventre gros (dans l'obscurité, Saverio songe au temps de sa femme, dessine un arc sur son abdomen plat puis hausse les épaules). Elle s'interposa... Elle vou... Entre... Protéger. Son fils. Dans l'opération, son jupon s'est taché de sang. Elle a fait une funeste couche, donc le père, le mari, le nommé Francesco... Vous suivez ? Francesco, le père, le mari, était accablé bien sûr, et il voulait se (soupir). Il n'essaya pas (propos tacite). Il fallait travailler, travailler pour nourrir la bande de gosses, alors que sa femme, la misérable femme... Elle devint folle, folle comme (Saverio balaye l'atmosphère du revers de ses mains à hauteur de ses oreilles, en sifflant l'air lancinant du vent : *pfiou-pfiou-pfiou*)... Un jour, il fut attenté à la vie de ce voyou de Don Vincenzo. Inutile de vous dire qu'il avait des ennemis, et beaucoup d'ennemis ! Il était détesté, si fier de sa personne, sans un regard autre que – chargé de mépris envers les paysans, ces paysans qu'il affamait. Et pire, on dit qu'il violait les dames. (On ne sait où se trouvent les yeux de Saverio.) Et malgré les poignées et les poignées pleines d'opposants, contre lui, devinez qui d'aventure fut accusé : Francesco Crocco. Facile. Mais, mes enfants, il était, lui, aux champs, à des dizaines de kilomètres de l'agression ! Il y avait des témoins et des témoins, c'est vrai ! Il gagnait sa mangeaille ! C'est tout ! Est-ce un crime ? Ce fut pourtant la prison, pour Francesco, et les gamins, ah... Carmine se débrouilla. Il aurait dû mourir ? De quoi ? Je ne sais pas, enfin il grandit. Il était resté court, avec une tronche de macaque, les mâchoires avancées, le crâne bas, laid à faire peur, et il perdait ses bras longs, un drôle de physique que le sien, enfin, bon, il grandit (le berger arrête de parler, couche sa tempe sur la terre, reprend :), il devint un ban... Un ban... Un brig, oui, un brigand précisément. Entendez. C'est une vie. Dans sa dizaine, ou sa vingtaine, pardon, ma mémoire me joue des tours. Carmine était engagé dans les troupes de Ferdinand II. On ne peut pas dire que le royaume était, ah, ça n'allait pas, dans mon souvenir des cours d'histoire, peu importe. Carmine tua un compagnon. Il fut renvoyé de l'armée. Revenu chez lui, il apprit cette affaire, une de ces affaires à rendre la tragédie plus irrémédiable, un gros moteur de machine s'emballe et l'implosion... Avec sa sœur. Une vipère du coin l'accusait de se… son corps, pour de l'argent. Hop, un coup de couteau et on ne parla plus de la mauvaise langue bavant sur la fille Crocco. Carmine l'avait tuée, cette langue. Et, et après l'assassinat : Carmine fuit dans la forêt. Il rencontra dans cette forêt des types aussi chanceux que lui et violents, pareil, prêts à tout, à peu, à piller, daguer les riches surtout, mais pas que, à vivre, plus qu'à la petite semaine, figurez-vous, à s'organiser, former ensemble une masse de pirates. Ils étaient nombreux, plus que nos bêtes (le gardien hoche le menton vers l'enclos de pierres). Vous n'ignorez pas ces histoires-là. Il valait mieux, eh, être berger, qu'avoir des terres, de l'argent. Mon père répétait cela. Je le pense. (…) Ou peut-être pas, dans l'absolu, peut-être que rien ne valait quelque chose. »

Saverio se tait. On imagine la suite sans trop de peine : du sang, des ombres, des masses, du noir, du noir. Les enfants la savent déjà. Les pillards avaient eu du pouvoir dans l'État fractionné par la faim et par l'indifférence. Néanmoins, Donato n'avait jamais entendu le récit chronologique de la vie précédant, nécessairement, les faits de brigandage. À croire que le malfrat ne pouvait exister qu'en tant que tel, et en bande avec ses pairs, que tous se réduisaient à des personnages, des légendes des bois. La narration à cet égard ne se perdait normalement pas dans la tristesse et la résignation, la lassitude. Les exactions des brigands, leurs réalisations, se contaient d'ordinaire avec panache et exaltation, comme autant d'épopées merveilleuses, gorgées d'aventures amplifiées par la langue des paysans avides de se façonner des héros sur mesure. Les bandits du Sud étaient eux, une part d'eux, éloquente et survoltée, singulière, arrachée à la condition contadine, sinon méprisée au moins ignorée. C'étaient leurs frères qui avaient réussi à créer un territoire propre, puissant dans le vaste État d'Italie, morcelé et lointain.

Carmine dans le sommeil songerait qu'il reste de cette histoire : un trésor, un coffre plein, mais enfoui où. Pour Donato, malgré tout, inutile d'indiquer que la nuit serait cette fois paisible. Il ne convoquerait aucune figure de l'or, de l'or en pièces, en lingots, en colliers, en billets. Essayerait-il seulement ? Non, l'or ne signifie rien, pour lui. Voilà, c'est Cloe la verdoyante : c'est seulement Cloe dans ses errements nocturnes, élancée, jouant de la flûte, sautillant, voletant, tournant sur ses chevilles fines de bracelets, les yeux de sépia tendres et le nez en piton pointé, vers la terre, la chevelure longue, retenue en un chignon serré, haut, revêtue d'efflorescences d'orchis et d'asphodèles. Ou dans la lune, c'est Donato, émerveillé par le tourbillon des danses de liane de Cloe. Ou, oui, c'est Cloe, juste Cloe, bondissante et inattendue, pantin du désir candide du gamin en plein éveil. Cloe comme un rêve dans les rêves.

Et le matin.

Dans la parcelle, depuis plusieurs heures très denses, terrassantes mais mélodiques, la brebis pleine serait en train de gémir. Elle s'était étendue, avait évacué une crème épaisse bien avant les bébés, rivé, roulé ses yeux vers les étoiles. Le temps avait passé, fait son œuvre, l'utérus se gonflait, dégonflait, raidissait, et ainsi de suite. C'est la manière. Le travail déliait les membres maigres et douloureux. Au réveil, un mélange de peur et de douceur saisirait Donato, extérieur à l'événement et tout à fait pénétré par celui-ci. Saverio répéterait des gestes primitifs, fermes, caresserait la laine sans relâche, comme un père veut fusionner avec son enfant malade. En demeurant tranquille, la bête témoignerait sa reconnaissance. Dans le flou, elle expulserait un autre liquide, dont la saveur la troublerait. Elle rejetterait enfin une patte, une patte, la caboche ensanglantée, les épaules successivement que le pâtre devrait tirer, d'une et d'une seconde nouvelle-nées, fatiguées de leurs gestes chorégraphiés pour être. D'abord amorphes, les nourrissonnes se coucheraient derrière l'accouchée. Cette dernière les reconnaîtrait sans tarder. Elle lécherait de sa tendresse leurs deux fronts lisses. Donato ressentirait à nouveau, dans son ventre marsupial, quelque chose d'inédit, un glissement de lui-même sur lui-même, insurmontable quand il a lieu, paradoxal, tenant de l'instinct grégaire et paternel, un éboulement annulant le reste du monde, sauf les enfants et leur mère vulnérables qu'il voudrait protéger de façon intense et sourde contre le reste du monde. Saverio déboucherait le pis de la brebis afin que le miel coule. Il y porterait les bébés hésitant, un instant, à vivre.

Le jour se perdrait, pareil aux précédents.

« Mes enfants, celle-ci a ma préférence. Je crois : parce que je l'ai composée imparfaite, bien sûr, avec ma bourrichette. Évidemment, je me suis inspiré… On s'inspire toujours, quoi qu'il en soit, il s'agit de la fable du griffon. Pauvre animal. Il vole, il court : plus que quiconque, c'est dire, il ne sait pas qui il est. Appartient-il aux nuages, à la terre ? Cette question lui revient, torturante ; et je n'ai pas envie d'aborder ce mal-là. Sur le plan biologique, cet être pluriel connait tant de problèmes. Voici : si sa cervelle d'aigle tolère toutes les cruautés, son cœur de lion s'en offusque, et souvent notre griffon se sent perdu, tiraillé entre les deux parties de son corps, celle qui est féroce pour la férocité, et celle qui se veut courageuse : cette dernière cherche le juste. Elle protège sa troupe, vient en aide aux nécessiteux ; elle ne chasse qu'en raison de la faim, elle sauve si elle le peut, elle n'a pas peur. Elle met des bâtons dans les roues de l'aigle, amoral, extrême, libertaire… Elle ne s'effraye pas et, néanmoins, elle a l'âme sensible (le pâtre pose son poing sur sa poitrine) : il lui arrive de faire pleurer les yeux dédaigneux du volatile, en particulier lorsqu'elle voit se commettre une injustice. Heureusement, les mauvaises choses ont une fin et la nature, dit-on, est bien faite : l'espérance de vie du lion s'avère plus courte que celle de l'aigle et enfin, enfin, celui-ci peut retourner à sa solitude, donner cours à ses pulsions : le cœur félin et faible ne bat plus. Alors le rapace blesse, égorge, écorche, dépèce tendrement ! (Saverio fait onduler ses plumes sous le ciel vertical.) Le rapace cloue de son bec au pilori ! Il n'attend aucune approbation ! Il peut tout ! Il ne s'amollit pas ! Il est maléfique ! Pas plus tard que plus tôt, il a crevé le thorax d'une marmotte ! Pour le plaisir ! Il n'avait pas faim ! Un loup s'est certainement régalé de la rongeuse de beurre ! Peu importe à l'aigle ! Il a broyé une poitrine ! Non content de ses méfaits : il a déchiqueté un serpent ! Il l'a bouffé à moitié, au quart, à peine ! Il s'est bâfré, bâfré de violence ! Ah il fait bien ce qu'il veut ! Il s'en retourne chez lui ce soir assez satisfait, titili, les ailes dans les poches (le conteur semble fou, parle oiseau ou plus précisément griffon, à savoir glatit : *pion-pion-pion-pion*. Il s'essouffle, fait une pause et un sourire :) Et voilà qu'en l'air, le griffon croise un oisillon pleurant, hurlant : 'J'ai perdu ma maaaaamaaaaan' (sur le ton de la tristesse : ses piaillements sont déchirants). Pff, le griffon passe son chemin... Il passe son chemin et il se gratte la caboche, il hésite. Il fait demi-tour et rejoint l'oiselet sanglotant : 'Hé, ta mère est revenue, mon gars ?' Mon gars : il hoche le minois, de gauche à droite. Et le griffon... Il demande... 'Décris-moi ton nid, le plumage, le ramage de ta maman, ce qui la caractérise' (...) 'Attends-moi, ne bouge pas.' Le fils obéit, pousse ses cris et le rapace part donc à la recherche de la disparue. Il doit voler un assez long temps. C'est ça. Il vole, il vole. Et il finit par repérer l'oiselle, grâce à ses gémissements au mode mineur, décidément déchirants. Il la ramène auprès de son enfant et on entend des babillements d'allégresse. Les petits corps se recouvrent mutuellement de leurs pennes. Le griffon s'éclipse. Rentré à la maison, il fond en larmes dans les bras de sa femme. »

Et la nuit. Et dans l'instant : la main de Cloe sous la lune de charbon caresse et serre, puis le recommencement : les bêlements de l'aube, c'est-à-dire, si on observe correctement, le soleil bas qui bat l'aile lainée d'une colombe qui, le vent qui, la peau qui protège, notamment, le cœur.

Donato quittera l'alpage, aujourd'hui, seul. Il descendra le versant le moins long, un peu raide, en sifflant un chant triste. Il caressera sur le chemin une pièce de brèche comme un bout de bétyle le liant à Cloe, glanée au bord de la rivière. Il ira au plus proche village. Il se fera conduire à la case départ.

Il cache sa tristesse.

Cloe lui a préparé un thé d'orpins : « Tu vois, goûte, il est très bon, tu verras, tu seras en forme. » Et on boit au puits et Donato boit le breuvage. Les effets de poivre lui font tirer la langue. Et contrairement à l'indication reçue, il restera rompu, les plantes n'auront aucun effet.

Carmine dit merci son ami. Il le payera plus tard, un agneau, d'accord. Il lui confie un message, à transmettre à son amie particulière, Natalia. Il faut lui dire qu'il reviendra, au moins pour *San Quirico* pour elle.

Au moment de le saluer, Saverio prend Donato à part ; il pousse un grognement de bouquetin ; il a retardé le moment, la conversation naïve, incongrue, afin que celle-ci certes soit et soit également aussi brève que possible. Elle doit tenir en une réponse : « Mon gars, tu pourrais m'indiquer... Comment ça se passait, pour les gamins, à l'école, avant ? » Donato ne se rend plus en classe, ce que Saverio n'ignore pas. Ce dernier, en tant qu'ancien instituteur du village, souhaite littéralement prendre le pouls de l'éducation : Donato ne dispose pas des compétences pour composer une explication (qui les aurait ?). Jamais ne lui demande-t-on son avis. Une grande leçon que le garçon a apprise à la perfection, durant le primaire écourté, est celle de se taire. Ne pas comprendre. Avoir alors une connaissance réduite de l'italien parlé par le maître, imposé sans concession par le *Duce*. N'en rien dire. S'acharner à parler le langage de l'État, trouver son accent. Dissimuler sa honte. Tout au plus Donato peut-il confirmer que l'enseignant avait l'air de se porter bien, oui, quand on le croisait, enfin quoi, il était normal. Ce qui de façon implicite mais certaine constitue pour le pâtre une information pertinente : que le maître, éducateur et disciple soumis, soit « normal » n'est, dans son optique, pas une bonne nouvelle. Quelle serait la bonne nouvelle ? Avant le mitan du *ventennio* de Mussolini au pouvoir, Saverio avait déserté son poste, renoué avec le métier de son père : berger, lui, non par repli, non par dépit, et pas non plus dans l'idée que l'utopie se réaliserait là, non, il était berger. Le fils, lui, avait fait retraite avec sa femme et ses enfants et les bêtes, dans leur milieu, qu'il savait dur mais aussi dépourvu de malignité. Il n'aurait pas à lui en vouloir. Il n'aurait pas à le combattre, ni par les connaissances ni par les idées. Il devrait réfléchir et travailler sans relâche. Sa femme ne survécut pas, les petits furent coriaces. Saverio désirait de mourir là, nulle part ailleurs. Il n'enseigna donc plus la grammaire et l'Histoire dans son dialecte maternel, soit dans sa langue, une langue vraie, vivante, fruit d'un passé, actrice fétiche d'un territoire, d'un esprit. Il avait baissé les bras. Il s'était mis à réécouter les idiomes des autres vivants et celui, très particulier, des moutons, appris durant l'enfance. Évidemment ces modes d'expression ne se parlent pas, ils se constatent. Il s'agit d'y être attentif, on les entend, on peut parfois les regarder. Ainsi les cris de douleur et de joie des brebis ne sont-ils pas semblables, ainsi la feuille qui tombe, craquète sous les pieds, ainsi la rose qui flétrit. Ces faits ont une signification : une blessure, une absolue satisfaction, les températures élevées ou l'automne venu ou, quoi. Saverio y répond. À la vue du feuillage s'effondrant un peu tôt, il grommèle. Il soigne les bêtes dans le besoin. Il monologue en coupant le bois, se pose des questions capitales, tangue, danse, discute avec les enfants. Un peu pusillanime dans l'adversité, face à l'adversaire, il s'est sauvé pour rester un homme de culture, un homme à soi, et pas un homme dilué, pas un homme de goutte dans l'océan plat de l'uniformité imposée, accablante, fausse, fasciste. Il a conservé une façon propre de s'exprimer, d'être.

Je ne sais pas, j'hésite à intervenir, ici, depuis longtemps je crois : le langage est ma seule richesse. Je ne pense pas le langage est la seule richesse, je pense seulement, et c'est beaucoup pour moi, le langage est ma seule richesse. Il contient dans sa paume nos explications, une réalité, nos dialogues, même déroutés, tant incertains. Il est un plongeon et un plongeoir, un mouvement, un socle, malgré tout, ma lueur, car il attend ma façon de voir, car il est un abîme, une construction sans fin à la base de combien de constructions, il est autant d'interstices puis de contradictions, de souillures de beautés, un jeu. Il est le territoire que j'investigue en vue de chercher, précisément, sans trouver, sans nécessité, en ne découvrant parfois rien que la matière nue, à savoir un corps nu, une chose qui quoi qu'il en soit demeure, sera. Je garderais ma peau, articulée de la même façon, avec son cœur au-dedans, et sa bouche pour manger les mots. Je conserverais une tête, une autre tête sans ce langage, cependant : que serais-je sans lui, que ferais-je sans lui, sans lui comme il est, comme il se manifeste, comment aurais-je grandi, vivrais-je, sans lui, sans la manière qu'il a en toute indépendance de me jeter, de me jeter et de me jeter encore au monde et contre ses fenêtres ?

J'en ai conscience, naturellement : le langage peut maltraiter celui qui est faible à son endroit, et je le constate en poursuivant, ou en tentant de suivre, Donato. Il est un fauchard, lacérant en tant que tel, et pervers car on ne voit rien de ses taillades à première vue, et il est aisé voire tentant voire inéluctable sans mauvais sentiments, de le laisser faire, inciser les humains, la pensée, la société, c'est-à-dire, peu importe sa forme, l'union des individus, bien sûr, et des bêtes aphones. Je n'oublie pas cet écueil grandiose du langage et cependant avec sincérité ne le laissons pas tomber : il reste un bien commun et il peut se multiplier, se partager en autant de parts que de personnes présentes au petit globe ; les mots de l'un ne sont normalement jamais volés à son prochain.

5

Énigmes

Carmine reviendrait parfois au village : il visiterait Natalia, évidemment, et Donato lequel en profiterait pour prendre des nouvelles du père, du troupeau, avec sincérité de Cloe. Plus tard, la troupe de Saverio (sa fille, ses bêtes) rejoindrait le pacage d'hiver, non loin de Cisternino, où le gazon rare aux mois brûlants aurait réapparu, non sans crier gare et, néanmoins, comme par magie.

La répétition rend les mots superflus : Donato s'est levé. Donato a : journée, journée, travaillé et ainsi de suite. Il a vécu avec sa vieille tante, Lucia aux yeux verts, l'enfant et le bébé, et les autres gamins.

Au milieu de la vie, arrivent la mi-juillet et la fête de *Santi Quirico e Giulitta*.

Lucia vaque à ses éminentes occupations. Sous les lauses, sa tête tourne. Elle a passé les vêtements civils à l'empois ; elle a retenu l'amidon des pommes de terre, pour ce faire, et préparé les gnocchis, son secret, avec le reliquat de bouillie, et les pâtons sèchent sur la table. Elle a versé dans la marmite de l'huile comme du baume, y a mouillé les *orecchiette*, oreilles du brocoli, sardines fétidées qui, trop cuites, se sont dissoutes. Avec une chiffe de linge, elle a nettoyé l'icône de Marie et Jésus, presque entièrement noircis. Elle ne sait pas à quoi ils servent, ceux-ci, elle les a reçus d'Angelo, le *sacerdote*, ils sont donc un cadeau qu'elle trouve joli. Elle a gonflé son palais de salive, bavé sur le tissu et frotté le bois, la gravure désormais chargée de son haleine. L'œuvre est imparfaite et abîmée par le temps; au niveau de la lèvre, la planche est à nu; un œil a été effacé. Lucia redouble d'application. Maintenant elle goûte les légumes. Elle charge sa langue de billes d'ail. Elle n'est pas satisfaite. Elle tire un piment sec de la botte pendue au mur avec toutes sortes d'aromates, le broie dans le mortier, l'ajoute à la préparation, ses gestes sont précis. Et elle remue la graisse, avec une cuillère de bois, et le piquant fond. Le gris du tablier de la vieille dame recèle la saleté en désordre, traces de terre, de pâtes diverses, eau, coulis poissonneux. Elle ne songe pas à cette crasse. Cette crasse est dans l'ordre des choses.

La chaleur bat Lucia.

Dehors le coquard engraissé ne gambade plus. Il a été vendu et, à l'heure qu'il est, plus rien ne bat dans sa poitrine, si ce n'est une farce. La bête a été assommée, saignée, minutieusement plumée. Il a fallu l'étirer, la brûler afin que les poils récalcitrants enfin cèdent. Il a fallu rogner les ongles, le cou, et plonger ses doigts dans les entrailles. On connaît la chanson. Le foie et le cœur de la bête ont été réservés puis hachés, cisaillés, mélangés à la sauge, aux *lampascioni*, poivrés, goûtés. Puis, en bouillie, ils ont été replacés dans le thorax creux, de la volaille, badigeonnée de saindoux, disposée au milieu des plantes dans un plat de fonte, enfournée des heures et fin prête, croustillante et somptuaire.

Les enfants sont tout excités par ce qui se trame. En dessous des langes mouillés, dans la courette formée par les façades des logis blancs, ils jouent à s'attraper. Ils se poursuivent, se bousculent, se blessent : des larmes mêlées de poussière crue s'épandent sur les joues de la bouille blonde. Celle-ci surestime sa grandeur et frictionne ses yeux de ses poings boulots, en grimaçant. Lucia refuse qu'on l'interrompe. Par deux fois, elle a dû battre au chiffon la téméraire poulette cailloutée ; il suffit, maintenant. Ses préparations ne sont pas terminées : elle prend dans un pot de grès, où règne une odeur de mouche verte, des tiges, des feuilles de tomate ; elle coupe les mauvaises herbes de façon fine, la lame effleure ses griffes ; ensuite, elle pile la verdure jusqu'à empoussiérer le pot ; ensuite, elle transvase la poudre entomologique dans une fiole.

Le gamin, lui, s'est remis à gambader. Il s'amuse avec son ami et leurs querelles sont effacées. Les deux courent derrière le poussin gris à peine sorti de son abri. Les géraniums arrachés par la biquette créent un petit ciel de feu meurtri au sol, dont chacun se fiche bien. Dans cette scène de la vie quotidienne, Donato arrive, ses bras de mulet hâve chargés de jarres de vin. La grand-tante sort de son laborieux mutisme, par des paroles inutiles : « Mais, *bbèllu*, tu devras les descendre. »

L'on finit par pouvoir s'habiller. Auparavant, la tante souveraine vérifie la raideur des cols, des poignets, gratte les excédents de cire – « Donatucci, regarde voir, mets ta chemise, ce que tu es mignon, vous êtes beaux, mes petits beaux, très, trop. Si beaux pour ici, vous valez mieux. » Nulle subtilité pour emballer sa conviction. Lucia pousserait ses bébés dans n'importe quel paquebot, n'importe quel rafiot. Une sœur enrubanne ses cheveux, un frère enfile son lacet dans deux œillets, ajuste la languette qui craque sous ses doigts. Donato passe ses mains sur ses manches, lisse encore le tissu. Il ne comprend pas la phrase de sa vieille tante et certainement pas pourquoi la beauté serait étrangère à ce qu'il peut voir, autour. En effet, il répond : « C'est si joli, que dis-tu. » Enfin, dernier tableau, la tante a vêtu le blondinet : avec ses anglaises claires, la collerette ceignant son cou, ses yeux fatigués, il a l'air d'un enfant de cire.

La joyeuse coterie se met en route pour la procession. Le gamin refuse de marcher. Il s'agenouille et tend les bras vers Donato. Il a la légèreté d'une pierrette. Sur le chemin, un frère et une sœur sautellent.

Deux saints sont célébrés ;

introduisons-les, il s'agit d'un minuscule martyr et de sa mère, acteurs de la tragédie religieuse la plus commune. Giulitta doit être représentée sous les traits de la perfection : elle était ou est délicate et généreuse ; et pleine d'une belle conscience, pieuse, sacrifiée, veuve. Ses cheveux sont longs, tressés sagement. Elle est costumée d'une robe ciel pour la pureté, la douceur. Il y a un palais, une fontaine, des fruits. Le décor du cothurne est fastueux. Il faut que Giulitta le traverse durant le prologue et qu'un seul regard suffise à saisir le luxe et la bonté abondante de la tragédienne et expliquer ceci à l'oral, au besoin ou pour insister : l'absence de mauvais sentiment a poussé la jeune femme au dépouillement de sa fortune. Giulitta voit le monde telle elle-même. Elle ne le traduit pas. Ensuite son fils entre en scène. Il est un garçon plein de vie. On peut l'imaginer filer à travers les cours, se couvrir les jambes de limon, jouer tantôt aux billes, dans le calme de l'iwan, avec quelque miséreux, tantôt avec ses peurs, en soumettant les figurines de stuc, des fresques ornant les murs de la demeure, à de rudes épreuves ; ou s'engouffrer sous la stola des amies s'invitant chez lui. On indiquera qu'il rechigne souvent à s'ennuyer dans la maison de prière. Changement de décor rapide : depuis Nicomédie, Dioclétien s'amuse à régner, fou mégalomane, vêtir son corps massif, bodybuildé, d'un costume d'apparat et de bijoux et dorer ses mèches et dilater sa vue globuleuse. Il domine, il se croit adoré. Depuis l'horizon, on dit : il exerce le pouvoir comme on en abuse. On est en 304 et il a entamé son œuvre, une grosse brûlure, dont il empreindra l'Histoire : sa persécution des chrétiens. Sur les planches, il déclame son dessein avec grandiloquence et tyrannie : « La chrétienté doit être réduite en cendres. » Son empire exige l'unité. C'est dans ce contexte, donc, que se déroulent des existences, celles de Quirico et de sa mère entre autres.

Acte I : Giulitta se rend au tribunal pour faire juger l'escroquerie dont elle a été victime. La procédure ne peut se poursuivre que si elle abjure sa religion. Le juge décrète : « Je ne peux rien face à une chrétienne. » La plaignante accepte la sentence sans difficulté. Elle constate : « Renoncer à ma foi serait bien plus douloureux que de souffrir l'injustice des hommes. » Elle salue l'autorité d'une révérence et joint les mains, son menton reste droit. Et elle quitte la salle d'audience. Elle abandonne les poursuites, fuit, avec la nourrice, la femme de chambre et Quirico. Acte II : Tous trouvent refuge, ailleurs et là, on les voit errer. Ils arrivent à Tarse où Giulitta est arrêtée par le gouverneur qui a des airs de caïds des beaux quartiers, une allure de rappeur embourgeoisé, avec sa pose, ses atours. Giulitta a l'âme sereine en se livrant au prétoire, l'enfant dans les bras en berceau. Ce dernier demeure paisible tel un chat, malgré l'ambiance pesante, les hommes en uniformes. Certains parmi eux sont en armes, le glaive pendu à la taille. Le licteur s'appuie sur un pied, le faisceau nonchalamment posé sur l'épaule. Les servantes se tiennent sur le côté gauche, celui du cœur. Acte III : Giulitta refuse de nier ses convictions. Son enfant s'énerve et elle répète : « Je suis chrétienne, je suis chrétienne. » Avec flegme, elle s'oppose à ce qui serait pour elle une tragédie et, ce faisant, sombre dans la tragédie. Alors qu'on lui propose, après tout pourquoi pas, de mourir, Giulitta ne se départit pas de son calme. Elle embrasse la chevelure de bébé, de Quirico, hume le parfum de pomme du sol qui en émane. Elle refuse de : se suicider. On lui arrache son fils, il s'était apaisé sous les caresses. Les bonnes observent de façon active. Elles gesticulent, se lamentent sans répit : elles chanteront les louanges de leur maîtresse, pleureront le petit lors d'une vie sempiternelle – les entendez-vous, chantepleurer, pour l'éternité ? Elles admettront dans une plainte morne à l'endroit de l'héroïne : « Oh, elle n'aurait pas dû, elle n'aurait pas dû… » Ces deux-là ne comprennent pas ce dont il retourne. Acte IV : dissimulée par un voile tendu par les domestiques, la torture. Si des représentations sont nécessaires, le chœur en rendra compte : « Oh, le bourreau brûle, le bourreau lacère la peau nacrée de Giulitta somptueuse, oh il plonge son corps dans des eaux brûlantes, glacées, brûlantes, il saupoudre ses douleurs de sel » – on ne fait soi qu'imaginer les strates de la douleur. La femme milite, « je suis chrétienne, je suis chrétienne », et l'on devine le fils précipiter sa tête de camomille et de terre sur les souliers de sa mère. Comme il le peut, Quirico prêche la même parole que celle de la suppliciée. Il la protège ou l'imite, ce qu'élucide sa nourrice : « Je suis chrétien. » Alors le gouverneur, avachi sur son trône de marbre, ostentatoire, dégustant des raisins, lève simplement les yeux au ciel, et ce geste, toujours, n'est pas anodin. Il prend l'enfant sur les genoux, veut lui dire, « ne sois pas stupide, mon gamin », mais celui-ci se débat, tape, balance ses poings fermés. Excédé, le gouverneur le rejette. Quirico atterrit derrière le voilage, taché de grenat. Oui : la mort l'a frappé. C'est épouvantable, je pense – d'aucuns, s'ils s'ennuient, seront peut-être électrisés, par cette véhémence de la violence. Ils se redressent. En réalité, l'horreur fait céder les deux servantes : elles lâchent l'étoffe. L'une couvre ses yeux du revers de sa main, l'autre porte ses paumes à ses joues, voit tout et néanmoins sa vue se brouille, quitte sa tête. Acte V : Réapparaît Giulitta, le corps en lambeaux, couverte de poix, la figure fière, olympienne, couronnée d'une auréole avant l'heure. Elle pleure, évidemment, la chair de sa chair. La salle s'emplit d'une musique (au prix d'un anachronisme, il y en a beaucoup), tricot de violons, violoncelles, clavecin, une ritournelle d'Haendel : la Musette du Concerto n° 6, opus 6, larghetto, tempo moins large-lent ou plus rapide selon la perspective. La formule est majestueuse, caressante, céleste (divine puis colère de ciel, lumineuse), joyeuse malgré tout, décidée. Giulitta pleine et mutilée danse, sourit vastement une ultime fois et continue de gonfler ses larmes. Elle remercie son Dieu de lui avoir ravi son fils unique, son sublime amour, de l'avoir sanctifié, en premier. Et elle donne encore ses larmes et ses jours. On la décapite. Fin *

J'ignore la signification de : paradis, sainteté, religion en fait. Je suis infidèle. Donato l'était aussi. Les raisons en sont assez simples et relèvent moins de la croyance que de l'éducation : nous n'avons pas appris à croire.

Donato est aux premières loges pour le cortège. Il se fond parmi les gamins, aux abords de l'église. Le prêtre Angelo et Lucia les dominent. Ils sont assis sur des chaises, sur le perron de l'édifice, parmi les notables. Les sculptures des saints traînent un peu, de manière à ce que chacun ait bien le loisir de les contempler, éventuellement de les prier, d'égrener le chapelet. Un gosse, non encore dégrossi, impudent, balance des cailloux. Les statues sont devant, mises sur le pavois sur un brancard de pin laqué, décoré de feuilles vivaces et de brillants anthuriums, porté par quatre jeunes gens à la carrure musclée. La respiration de ceux-ci halète. Le plus mince, familier, fourbu, crache une bruine, dorée au sol par l'azur qui s'orange. Les épaules secouent la robe de lumière de l'enfant de stuc. Giulitta tangue aussi, forcément. Elle brille trop, avec son chiton turquoise laqué, et son pallium garance, très rouge, éclatant comme les fleurs, riche, brodé de motifs et d'un liseré safran. Si elle n'était pas morte, si elle n'avait pas été sacrifiée, elle serait indécente à tant étinceler. Elle serre le poignet de son fils et tous deux penchent leur couronne et se regardent avec tendresse, pour l'éternité. Et voilà : devant les bouches ouvertes, avides, les dos bleu et jaune, la petite famille est passée. Elle paraît irréelle comme elle l'était en mots sortis des lèvres du nouveau maître d'école lorsqu'il en faisait le récit, en classe : Quirico et Giulitta étaient pour Donato les statues d'un cortège, et des sons, des syllabes, des silences d'une langue mâtinée, mystérieuse. Il avait été nécessaire qu'un camarade bilingue et dévoué traduisît la légende des deux saints, rectifie les accents, pour que non moins qu'un autre : Donato la connût. Et il avait fallu cet épisode pour que l'élève s'acharnât à connaître l'italien, en feuilletant, lisant, inventoriant le dictionnaire de la maison communale, autant qu'il le pouvait.

Devant le défilé, Donato la recompose dans sa tête – elle, l'histoire, se recompose sans fin.

Après le couple, viennent les musiciens, alors que la musique, ou le brouhaha composé de trompettes et de tambours, précédait de loin les personnages. Ce n'est pas fini. La fanfare est composée d'enfants malhabiles. Ils claquent les baguettes sur les caisses de façon désordonnée, soufflent court dans les cuivres, jouent un canon involontaire dont ils tirent une grande fierté. Enfin, des chevaux noirs et lustrés, tirés par les rênes, closent la marche, et un oiseau picore des croûtes dans la crinière de l'un d'eux, qui hennit. Il faut le rassurer, pense-t-on, ajuster ses œillères : il avance mieux les yeux cachés, c'est-à-dire harnaché de la sorte il progresse, va là où le meneur le souhaite. L'oiseau s'envole.

Carmine est arrivé plus tard. Il a brossé ses mèches rousses, passé au savon son visage ruisselant de taches brunes. Ses mains bergères demeurent crasseuses dans les plis malgré l'étrillage, l'astiquage, le rinçage, ses tentatives vaines de les rendre pâles. Il a sautillé comme il aime à le faire, avec alacrité. Il est satisfait d'être ici-bas, libéré des servitudes pastorales. Il attend la cène. Il muse. Il n'a aucune envie d'assister à la messe. Il traîne dans les rues blanches du village avec Donato pendant que le prêtre donne ses leçons, non pas en baragouin mais dans une langue exacte, le cistranais. Angelo a raconté : au XVIIe siècle, Quirico a balayé le cimetière en même temps que la peste sévissant dans la région. Maintenant, avant de donner l'envoi, Angelo joue avec la « prière ». Il invoque l'étymologie, explique la forme adjectivale *precarius*, soit précaire, révocable, passager, obtenu précisément par des prières. Lucia, au fond de l'église, venue assister à l'office par curiosité, fronce les sourcils, s'accroche aux yeux de lune du prêtre. Elle tente de retenir le mouvement, la traduction, s'apparentant pour elle à un raisonnement. Et c'en est un, et Lucia le connait, elle éprouve la dialectique. Après quelque pensée furtive, elle marmonne : « Il faudra partir. » Ce n'est pas une prière. C'est une nécessité.

Donato et Carmine sont chargés de descendre les jarres de vin, là où le buffet se dressera. À la maisonnette, dans la chaleur mollement étouffée de l'âtre où le dîner, plus tôt, a été préparé, ils sursoient à leur tâche. Ils boivent un verre, dérobent des minutes, alors que les disciples et autres chantent en quittant l'église. L'attiédissement de la boisson lui a ôté sa verdeur. Le bouquet a une saveur ronde de figue trop mûre. Pour Donato, il a le goût du souvenir. Il rappelle les histoires du berger à sa mémoire. Cisternino dehors s'obombre. Donato prend des nouvelles... Vaguement de Saverio, des brebis, des bébés, oui, de Cloe. « Comment ? Que ? Quand ? » Carmine se fiche de ses questions. Il hausse les épaules, allonge les maxillaires, mélange une réponse : « *Si*. Tout est bien. » Donato insiste : « Et, et Cloe, elle, hein ? » Et sans réponse, il supplie : « Cloe, Cloe ? » « Tout est bien, je te dis » et il faudra s'en contenter. Mon grand-père ne se renfrogne pas. Il semble se complaire dans l'obscurité et le silence, coupé par le va-et-vient du berceau. Son ami quant à lui s'ennuie. Il agite les genoux, paraît pressé. Il ne l'est que par l'impatience. Il ingurgite le breuvage en une longue gorgée grasse, se lève. « Allez on nous attend. » Donato finit le rouge, vite, et s'étrangle, expectore des gouttelettes de raisin. « Allez debout. »

Dans les ruelles, les femmes aussi se pressent. Elles amènent les mets qu'elles ont préparés et sous le ciel étale du soir, bientôt, on s'attable. Le pain, les étoiles se sont multipliés pour l'occasion, une grosse meule de parmesan n'a pu être tailladée, ce n'est pas dommage, il y a des pâtes, des sauces vermeilles, laiteuses, verdâtres. C'est un peu l'Italie qui est célébrée, une infime partie de celle-ci, passée, peut-être perdue. Les saveurs se mélangent, l'œuf des gnocchis, l'ail sur le pain, les aromates du vin, le poivre, le citron, le sel des *orecchiette*, l'huile, la rondeur de la polenta, l'*arrabiata*, la transpiration, l'amertume, les lauriers, le *rapini*, les incrustations de fenouil, dans les *taralli,* on mangerait sans faim.

La vallée d'Itria, en bas, a revêtu sa panne noire. Des lumignons éclairent les convives. Ils marquent des zones de lumière chaude, inquiétante, et d'oubli dans leurs yeux, sur leurs fronts. Le prêtre, Angelo, mange seul avec ses songes, à un coin de table. De l'autre côté, dans la sombreur incertaine, l'instituteur va bien, il disparait continuellement, et la pupille du pharmacien se dilate, se grise. Il voudrait se tenir, en homme du monde, mais se bâfre. Son ventre adipeux touche le bois. L'excrétion se fait de ses cheveux, ses narines, de la bouche. Le scientifique souffle, grogne. Le menton et le nez mafflus, les paupières étroites, gonflées, il ressemble au personnage de l'été d'Arcimboldo. Le podestat le guigne d'un œil rogue, lui qui prend soin de mâchonner, d'essuyer la commissure de ses lèvres, fait mine de déguster la piquette, et ces arrogants causent, causeront, emphatiques comme à leur habitude, des choses importantes : l'État, l'éducation, la hiérarchie, la langue, un peu la guerre, c'est inévitable. Ils ignorent les revers et, bientôt, le Chef sera tombé, et leurs paroles seront caduques. Ils affirment beaucoup, sans substance, et à coups de sophismes, confirment leurs propres dires. Ils font l'apologie du régime, et du vide : « Il a fait de bonnes choses » ; « Ah oui ah oui oui » ; « Le pont, là-bas, il a rendu au pays sa place, je le crois » ; « (Hésitation inhabituelle) tu trouves ? Mmh c'est certain » ; « Songe à l'éducation et d'ailleurs, à l'université, que devenait-elle en réalité (désolation puis boutade creuse) c'est de la fantaisie, de la foutaise, oui, mon esprit peut divaguer, dis, imagine, ce que seraient nos vies... Sans lui » ; « (Rire feint, prompt) oh ! » ; « Pourvu qu'après, cela, cela, tu vois (écoulement de la main), nos cœurs palpitent encore » ; « Mais » ; « (Poursuit, n'écoute pas) il fallait y aller, se battre. Quand on est une grande nation. La neutralité est impossible. Donc il faut s'engager. Au début je l'admets je n'étais pas convaincu et, enfin, personne ne pensait bien, j'avais peur » ; « Sûrement. Non. C'est vrai. » Le jugement se mâtine lorsqu'il s'agit de la sacro-sainte religion : « Par contre c'était faux. Hein, par contre c'était faux » ; « Oui, quoi ? » ; « '*Il Duce ha sempre ragione'* » ; « Ben oui, quoi ? (Moue fatiguée) à mon avis, sans doute tu n'as pas tort oui » ; « Oui, c'est l'objectif. Moi, je, moi, je, il s'est égaré sur notre catholicisme, voilà tout. Il le sait. Vraiment, tu ne crois pas ? Moi, je, moi, je, puis (levant les mains, en communion) merci, notre Père, de nous réunir, n'est-ce pas. »

Le podestat prend des libertés avec le dogme fasciste. Le pharmacien, quant à lui, décrète haut et fort son assentiment mais ces dernières semaines n'en pense pas moins. En secret, dans son officine fermée, il écoute *Radio London*, et la liberté. Il fulmine. Il détourne ses opinions de celles imposées par le mythe mussolinien, contradictoire et insoutenable ; la providence imposée par le Guide est belliqueuse (hémophile) et ruinée et affamée. Elle est faible. Au village et dans les environs, le pharmacien constate : pour que la patrie soit grande, la souffrance règne ; et les rescapés reviennent défaits, mutins, ont été emprisonnés, ont capitulé, ils ont bu des morts ; et les autres, ceux qui n'envoient plus de lettres, que boivent-ils ? Au fond de quelle rivière ? Ah, ça oui, le pharmacien s'est éveillé. Cependant il porte un masque, il se contient. Le cuir lustré de ses souliers tourne en rond sous la table. Il permet le monologue polyphonique. Lucia n'en manque presque rien. Elle ne comprend pas tout. Moi non plus. Vers la fin de la conversation elle aussi s'énerve. Elle pense une phrase sans la prononcer, une phrase lancinante. En se la répétant, elle a perdu le fil revêche de la discussion. Elle n'est pas certaine de vouloir interrompre ces imbéciles, quels imbéciles. Elle oserait brailler une sottise, ce n'est pas le problème, elle se fout d'eux à tel point qu'elle se demande pourquoi : il lui est impossible de ravaler ses mots. Elle se lève, s'arrête à la hauteur des deux tribuns surclassés, elle en impose, ils se taisent, elle intervient : « Qu'est-ce qu'il fait de plus que le destin, votre Seigneur ? » Le podestat se fige.

Carmine est assis face à la fille brune. Natalia. Sa pupille est éteinte mais son sourire sincère (intègre) et sage. Elle a complimenté son compagnon : « Elle te va, cette chemise blanche. » En réplique douce, il a déclaré mieux, il a confié à Natalia : « Tu es jolie. » C'est assez vrai, qu'elle est jolie. Alors que Lucia fait son cinéma, Natalia dit à Carmine ce qui, avant, était une blague entre eux : « Je finirai par tous les zigouiller tu sais. » Et lui rit, face à son amie menue et douce et déterminée. Elle poursuit, sérieuse : « Je le pense. Je n'ai pas attendu. C'est vrai qu'il me manque un plan. C'est un détail. » Elle forme une catapulte factice de ses doigts, vise le podestat, et on l'observe. On imagine un gros caillou frapper la tempe de ce dernier et sa nuque vaciller, s'écrouler dans la sauce rouge, pour le gag, et non. Carmine se gausse de Natalia et continue de se confier : « Je t'emmènerai loin, tous tes plans tomberont à l'eau, plouf, des gouttelettes, tu te rends compte ! » « Tu (regard noir, cherche sa phrase)… Tu m'énerves vachement, quand tu me crois incapable, tu vois. »

Natalia a l'intelligence magnanime, naïve, rêveuse, elle ne s'en prendra à personne. Elle quitte la table. Elle s'en va bouder plus loin, sur un banc de pierre. Son père est mort, peu avant le solstice : il a été tué par une idée, pour des idées, avec un fusil fasciste, après avoir été bastonné dans le contrebas du village. Il faut se taire quant à cette boucherie. On ne cherche pas ses raisons, on le sait : plus on expliquera la sauvagerie circulaire moins, finalement, on l'élucidera. On perd son temps.

Le repas vide, les femmes font la vaisselle dans des grandes bassines. L'orchestre des grands s'échauffe. Les peaux des tambourins et les cordes des guitares sont cajolées, les castagnettes agitées, les doigts pianotent les touches des accordéons, doucement, on s'accorde. Les plats cognent le zinc. Pour se lancer tous ensemble, les musiciens échangent un regard, trois, quatre, chantonne le chef en remuant la tête, tapant le godillot. Lucia sert le vin à Donato. Ce dernier boit le breuvage au goût d'insecte.

La musique monte, crescendo, elle est lente, douce, lente, douce, neutre, et ensuite elle foudroie, s'accroche aux aigus. Carmine a rejoint Natalia. Sa cheville bat l'air en suivant le rythme, comme elle le peut. Le garçon brûle une cigarette, approche son épaule de celle de son amie. Celle-ci fait mine de râler et tourne ses cheveux courts mais pose la paume sur la cuisse moka, de Carmine. Après de grosses bouffées, dans la brume toxique, le souffle pauvre, les idées fugitives, lui se lève, mécanique, saisit la main amie, et tous deux vont sur la piste où déjà les jeunes gens dansent. Carmine appelle Donato : « Viens, vieux bêta, tu rangeras les assiettes plus tard ! » – et Donato hésite, interroge sa grand-tante du regard et celle-ci approuve, parle sans mot, « vas-y. Bon sang. » Carmine tend le bras à Donato, qui l'agrippe, les cheveux tournent, les nuques flanchent, des yeux s'accrochent à la lumière, aux astres ou aux petites pierres endormies, au sol, ou se ferment, imaginent. De plus en plus fort les mains se tiennent, de plus en plus fort elles tremblent, et les corps souples dessinent des cercles colorés. Dans sa nacelle, en haut, dans la maisonnette, le bébé pleure, hurle, se rendort, et l'on tournillonne, c'est le retour du tournis : pas chassés, sautillements, flux, flamme, l'une éclate de rire, l'autre demeure concentrée, l'un ne voit plus rien qui soit vrai, un ciel clair de comètes, tant il va vite, Carmine serre fort les phalanges menues de sa brune, très, très jolie, Natalia. Natalia se laisse emporter, sa robe azurine suit le mouvement, décrit des oves, et il y a celle qui manque de tomber, de vertige, et continue de tant s'amuser, se réjouit d'être ensemble, de jouer, et nombreux sont ceux à exiger, dans leur cœur, de l'éternité, la frandole pour toujours, et cette transpiration, cette moiteur de la pulpe, des paumes, ces glissements, cette désinvolture, cette courbure étrange, le tiraillement des triceps, biceps, palmaires, adducteurs, la pointe sur le côté pour les plus vieux, cette douleur indiciblement gaie d'être en vie, et l'un tangue, le dernier a tout oublié, au plein de cet enivrement, paupières closes, sans avenir, et dans les torons du crâne de Donato une fille grandeur miniature se balance, on devine qui, puis elle s'échappe, elle disparait, Cloe, Cloe, alors le jeune homme tente de la saisir du bout des doigts et chute, la joue dans les cailloux. Le gamin à l'accordéon compose une dissonance, le vent crisse. Des miettes de lacet déchiré créent des insectillons par terre, la godasse a été propulsée. Carmine se jette sur Donato. Il palpe le pouls, mesure la chaleur du front, ensanglante ses ongles, son propre front, pose des questions. L'évanoui répond au hasard, « oui, oui, non, non ». Lucia sur sa canne accourt, c'est-à-dire lentement, en marchant, elle donne des ordres, index à gauche index à droite : « Toi tu prends les pieds, ici, viens, tu tiens le cou, et quelqu'un, pour les reins. Ramasse la chaussure. Dépêchez-vous. »

Son corps de silex maigre est étendu sous la laine, sur le grabat de la maisonnette. Donato transpire. Il a les membres gourds, algides, et trop chaud. Chaque muscle de son corps s'est endolori : il frémit jusqu'à la moindre chair de ses hanches, de ses fesses. De façon improbable, ses orteils paraissent malades. Il peine à relever le menton tandis que Lucia porte un vulnéraire à ses lèvres. Pour elle, ça va bien. Alors elle dit : « Ch ch. » Les verres bus plus tôt traînent sur la table. Le pharmacien est là dans la pièce. Il fait les cent pas. Il réfléchit, tient une idée, il se demande si son remède, à lui, sera suffisant, et il pèse et raisonne, et l'on pourrait s'interroger sur ce qu'il a lui-même ingurgité pour se montrer dans cet état. Il dit avec son assurance, certes, mais doté d'une prévenance qu'on ignorait chez lui : « Je sais. » Lucia maugrée : « Inutile, dégage » – elle sait, oui, elle. Ça va bien, ça va déjà bien. Son interlocuteur ruerait d'habitude dans les brancards cependant : il apprécie Donato. Il sort, court vers son magasin. Dehors, le concert a repris. Il emplit le tunnel des ruelles d'un bruit sourd, éternel. On imagine pourtant la liesse plus triste, feinte, le restant de couleur affadi, les lumignons tremblés. L'apothicaire boitille en avançant. Il a autant l'habitude de se presser qu'un barbon, il est un barbon. Il est maladroit, aussi, son cœur bat vite. Il s'inquiète. Arrivé, il doit s'y reprendre à deux fois, afin de faire entrer correctement la clef dans la serrure et il tourne le papier bible de la pharmacopée, jure, tire des cheveux de sa langue, regrette que le médecin s'en soit allé, puis pose son majeur sur des mots. Ceci-cela. Bien sûr il prend des pots de tous les acabits, ouvre un tiroir, ses gestes sont saccadés, embrocation et plantes, amalgame poudreux, et il repart, ayant brisé un couvercle.

En haut, Donato n'a pas bougé. Dans son lit, il a toussé, vomi plusieurs gamelles, réveillé le bébé. Sa bouche est pâle, ouverte comme ses pupilles, sa tempe pend contre le drap, et son ventre, asséché… Il se repose. Il est à la fois amorphe et éveillé en suffisance pour éprouver tout le mal. Lucia le veille. Avec ses ongles, elle peigne ses cheveux de poupée vers l'arrière de son crâne, mord sa lèvre à elle. Elle supplie Donato : « Promets-moi que tu t'en iras, *bbèllu*, je te le demande, vie de chien. » Elle s'arrête un moment, rallume les cierges, l'un s'éteint. De dos, elle reprend : « Même la joie ici n'est pas permise. Tu comprends ? Hein, tu le comprends ? » Le garçon est rendu. Tant et si bien qu'il acquiesce, de biais. Il acquiesce parce qu'il voudrait quitter cette condition fulgurante, la maladie, courte jusqu'à maintenant, en effet, à peine plus d'une heure, et qui pourtant semble appartenir à ces lieux, irrémissible. C'est le grand œuvre de la douleur, paraître la propriété d'un endroit et insurmontable. Pernicieux état. Lucia pleure. Elle est heureuse. Elle pose les sourcils sur le tissu humide et gris de la peau de Donato, elle s'est mise à genoux, elle souffre aussi. « Oui, mon Donatucci, oui. » Elle chante une chanson douce, Donato n'en capte rien, les syllabes se mélangent. Le pharmacien est de retour. Il gronde la vieille dame. Elle le fusille si fort, avec ses yeux de basilic, verts, aquatiques, qu'on voit le front de son ennemi criblé de sauterelles. Lui la déplace sur le côté et elle volète et ricane : elle connaît l'antidote, elle l'a administré à Donato, bientôt il sera sur pied. Qu'importe, le pseudo-docteur ne voit pas d'amélioration à la position du garçon qui sue et se grise davantage. Il relève ses manches. Il gratte ses avant-bras, son cou. Il découvre la gorge. Il plie, plonge sa patte dans le pot, répète « ch, ch, ça ira, ch ». Il applique le baume et frotte. Le sternum chaud de Donato exhale quelque chose comme l'eucalyptus et la menthe. Le jeune homme a l'impression que l'affection ressort de sa poitrine. Le pharmacien ne s'arrête pas, s'affaire. Il s'affaire, médicalement, il plonge une poudre blanche dans l'eau. Lucia dit : « Que crois-tu, avec ta poussière ! » Il a pourtant l'air inspiré, pour une fois. Donato boit le liquide, grimace, regarde ses soignants, s'affaiblit encore – tombe de sommeil.

Au réveil, la presque guérison ; Donato passe la journée à somnoler. Au coucher il est requinqué. Il ne saura pas : qu'est-il arrivé ? Sa tante affirmera : « Tu avais bien trop bu », mais c'est une histoire, c'est faux. Et l'épisode s'oubliera.

Les oiseaux, des années s'écouleront dans l'air. Elle sera finie, la guerre qui battait son plein dehors, au-delà de la bulle, et l'espoir en contrepartie sera plein. Entretemps, il y aura eu le travail aux champs, le soin des bêtes, le travail aux champs, le soin des bêtes, des fêtes souvent le soir et la saveur d'être ensemble. Plus vite, septembre et les vendanges ; plus tard, la même heure reviendra. Cisternino continuera de briller, polie, blanche et belle, absolue. Cisternino me fait songer à *cisterna* en italien, soit citerne et citerne signifie bien puits, au fur et à mesure des remplissages infinis, et l'infini est excessif contrairement à Donato qui était, ou est, demeure, un grand-père retenu. C'est peu dire, en ce sens, que Donato devait quitter Cisternino.

En 1946, un recruteur arrivera au village. Il placardera la maison communale d'affichettes roses, louant le travail mineur disponible en Belgique, sa rémunération, ses primes, ses congés. Angelo passera le message : ailleurs, il y a un avenir. Des braillards et des séditieux, qui jusque-là s'étaient maintenus, s'en iront sans se retourner. Le recruteur dira : « C'est une belle opportunité. » Il enrôlera Donato et Carmine, de carrures courageuses. Lucia sera tellement contente pour son neveu chéri : « Enfin ! Pourquoi pas, la Belgique. »

Lucia sera aussi : si triste.

Voilà, Donato fera ses adieux. Il ira chercher une meilleure vie comme on cherche une solution à un problème. Le mouvement du pays à l'étranger sera, en fait, tant court que radical, court car n'en restera rien ou presque. Il sera marqué par la croyance réelle d'un retour, par les étreintes, les pleurs du départ, l'entassement et le bruit électrique du train, la gare de Milan et, sous celle-ci, le contrôle médical (plier les genoux, montrer les pieds), puis le boucan des bielles, d'un autre train, et c'est tout. C'est peu, c'est flou. Avant, c'est vrai, le long de la route, le ruban maritime se déroulera et un souvenir refluera à l'esprit du grand voyageur, oui c'est tout, c'est différemment tout : celui du môme perdu, cheveux cuits sur la tête salée, le maillot noir, les pieds juste dans l'eau, l'existence immense devant lui, pétrifié par les profondeurs, et chanceux de s'être vu offrir des vacances par le *Duce*, avec les Fils de la louve, d'avoir fondu pour la première fois dans la mer si proche, il y a longtemps déjà – évidemment je traduis la séquence rompue en phrases rompues, enchâssées, toujours, car la mémoire, quand elle fonctionne, connaît cet emboîtement aléatoire.

Donato laissera derrière lui ses lares, des êtres d'os et de chair comme le sont les êtres, n'est-ce pas, qui deviendront les spectres d'une ancienne vie elle-même falote, irréelle – un rêve.

Après un été tout en flammes, témoignant de la déférence envers les saisons ou dans l'espoir de renaître au printemps prochain naturellement : Lucia sera morte. Une semaine durant, les frères et sœurs du pays, le village entier, habillés de noir, porteront le deuil, la camarde dans les bras, sur les épaules, la camarde comme des perles dans l'esprit. Le deuxième jour de néant, quelques braves fous violeront les règles funéraires : ils amèneront, étendront le corps de sépulcre dans une brèche sèche au bas de la butte, le couvriront de calcaire, mouillé pour faciliter l'enfouissement, puisque la vieille désirait ainsi revenir à la terre – la châsse ultime, somptueuse de beauté, bien, bien plus tard investiguée par un groupe de géologues, lesquels tomberont sur les ossements légers d'une femme, mais de qui. Auparavant, au-dessus de la pape, Angelo priera Dieu, et *Luce*, *Luce*, on la chantera, on la louera, on racontera ses faits. Des anecdotes grivoises, banales, culinaires, détaillées, déformées, couleront des agapes. Te rappelles-tu son *capocollo* ? Oh oui ! Et ses embrassades avec ce gars, celui qu'a disparu ? Te rappelles-tu ses yeux francs ? Son envie de café ? Et toi, hein, toi, Giuseppe, tu te la rappelles, cette même tache sur sa fesse ? L'ancien bébé et la bouille blonde pleureront, riront, sans savoir pourquoi. Ils auront grandi, et ils grandiront encore, riront, s'éreinteront, seront remplacés. Et, en attendant la suite, on les trouve devant la maisonnette opaline. Ils jouent avec le plus grand sérieux, avec des pierres. Ils se construisent un logis en lauses. Ils prennent soin de glaner trop de gros cailloux de toutes formes, on ne sait jamais. Au terme d'un partage léonin, le grand a toujours plus que le petit. Ils piochent dans leurs réserves dans leurs poches bombées, pour se fabriquer un lit réduit, chacun, un poêle, une table, des livres, une bibliothèque et des amies factices. Ils vivent dans ce foyer pétré, odoré par le soleil et qu'ils aiment. Ils l'ont aménagé seuls et pour eux seuls. Parfois ils y dorment, ils y sont dans la lune ; ils y prennent des bains, les jambes en l'air, le dos inconfortable ; et ils y cuisinent des tiges, des fourmis, des ongles de poule, des *stelle* d'imagination ; et naturellement ils s'y disputent, une pierrette, un gâteau. C'est à dessein qu'autour de leur forteresse il n'y a qu'un chemin lisse, déblayé. Les bâtisseurs ont omis les champs, les fermes. Ils s'amusent, ils ne travaillent pas. Ils sont méticuleux. Ils mettent du cœur à l'ouvrage. Et ils gardent deux pierres, même si chacune compte, dans la mesure où les pierres coexistent. L'une, ovoïde, massive, constitue la colline abritée par Cisternino, ses gens, son esprit, sa campagne, ses récits ; la seconde, à mon avis la plus importante, rectangulaire, jolie, munie d'un volant : il ne faudra pas l'égarer. C'est la voiture qui emmènera les deux enfants ensemble loin, très loin, peut-être chez Donato, est-ce par-delà l'océan ? S'envolera-t-elle jusque-là ? L'adage dit : « *Pe cci vole fatjè, Amèreche jè ddò e Amèreche jè ddè* : *Se hai voglia di lavorare, l'America è qui e l'America è là* », à savoir : « Si tu veux travailler, l'Amérique est ici et l'Amérique est là-bas. » Elle n'aura été nulle part.

Carmine sera parti par le même train que son ami.

Que deviendra Cloe ?

6

Ellipses et perspectives

Été 2021 : j'avais bu plusieurs rouges, un peu ivre, refusé la grasse assiette de pâtes (de dimension grotesque, surhumaine selon moi) ; le restaurateur, insisté, subtil, en clignant de l'œil : « Hé, dites, vous êtes pas épaisse, pourquoi vous voulez pas ? » (...) « Ou vous préférez, en entrée, j'ai quelque chose de simple, sauce tomate, *polpette*, des p'tites billes. Comme ça (index et pouce joints, embrassement des ongles, sonore et répété) ! Avec une *burratina*. Hein heu » ; et moi haussé les épaules et hoché la tête, gauche-droite, gauche-droite, la bouche en refus (unité minimale de signification), tenu bon, non, non, et interrogé dans un mouvement intestin cette conception de la simplicité : quel luxe, quel luxe que le nôtre, qui se paie en plus le luxe de s'ignorer. Une odeur d'œuf chaud emplissait la salle, les gratins me tentaient, c'est vrai. Je n'atteindrais pas le sommet, le ventre lourd, non pas que la promenade fût longue, une heure ou deux, aller-retour, c'est une balade de chiot follet, mais ma force, ce jour, amoindrie par l'alcool... J'avais demandé « s'il vous plait juste un cappuccino » et, puisqu'« on n'en fait pas », je m'étais résignée : « Ok. Ok. Va, pour un viennois. » Alors ça. J'étais ennuyée. J'avais la burlesque impression de tromper l'Italie. Même parfaitement sobre, parfois, je me figure que nos gestes inconséquents, ces menues trahisons culinaires, l'air de rien, ont de terribles répercussions. Imaginons : insouciants, sans mauvaises intentions, on noie nos cafés dans la crème fraiche et, à cette occasion, un serveur n'importe où dans la botte, à Cisternino, mettons, s'étrangle. Voici une situation pour le moins sotte et désastreuse.

J'étais partie de l'établissement légère et inquiète, le palais aigre.

J'avais choisi de ne pas emprunter la passerelle de bois et de ferraille menant au départ, au bas du cône : rejeté sa modernité, pris la sente longeant le musée (l'ancienne fosse, ses belles-fleurs), plate et rectiligne, facile, à la tête serrée, verte, constituée d'un arceau de feuilles, de noisetiers, de marronniers, de vigoureux frênes. Les yeux joueurs des fougères sur les côtés m'observaient. Un argus s'était égaré, les tussilages, centaurées, goutteux attendrissaient le cadre cependant que de toutes parts les griffes des orties, des chardons, et la douce-amère : moins plaisant et pourtant doux, de façon surréaliste, oui, c'est plus doux que ce qu'il y avait là autrefois. J'étais broyée dans mes songes. À la fin de ce fragment de l'itinéraire, je me sentais bien, bercée tant par des illusions furtives que par l'azur, d'un bleu. Je traversai la rue et d'un coup, comme un couperet, sans que je sache pourquoi, l'espace me paraissait inatteignable. L'observation ne heurte en aucun cas la logique, de toute évidence, et pourtant quoi, la vastitude infinie m'accablait. En montant, je rêvais d'approcher l'énorme soleil, éclatant dans la tache ténue du ciel. J'espérais que celui-là m'enrobât, me brûlât, pour combler les brèches de l'ombre (me rassurer un instant, exister une dernière fois et disparapître). Stupide. J'avais la sensation d'être perdue au beau milieu d'un monde imaginaire, ineffectif. Je hoquetais, courbée, les mains ridicules sur les cuisses, en déséquilibre.

Pour reprendre mes esprits, je m'étais allongée derrière la glissière de la route, dans les mauvaises herbes de l'accotement. Couchée, le mollet irrité par les herbettes, les paupières végétatives, je laissai mes pensées quitter mes pensées, concaves et telluriques, puisqu'une telle division de soi est possible et indispensable, comme je le crois. Quelque chose de moi s'échappait, s'envolait, se perdait dans la touffeur. Et à distance, dans l'exosphère, voltigeant en apesanteur, une drôle d'oiselle réfléchissait, elle réfléchissait mal mais elle réfléchissait (et elle n'abandonne jamais). Bien, bien au-dessus du faible globe, les yeux grand ouverts, lente, prise de vertiges, elle comprit enfin ceci : ben oui, le soleil existe fort et, néanmoins, aux alentours d'elle là-haut : le noir, le vide, le vide qui n'est pas que du vide.

En relevant les épaules, j'essayai de me convaincre de poursuivre mon petit projet de petite ascension. Il fallait admettre une fois pour toutes : le vide, à côté, dans la faille de temps en temps, au sommet, n'est pas le néant. Le vide n'est pas une erreur. Le vide est affolant. Le vide n'est pas inexistant.

Parvenir à bout de l'exercice, aussi court fût-il, n'allait pas être une sinécure.

Je regardais d'en bas, me concentrais,

le terril est ainsi fait : une plante vivace et libre sur la pollution. Non seulement, le vent a été fécond. Je tâtonne, je cherche, les pensées sont des trous : un terril marque mon manque d'intérêt ; ou il est une courbe végétale dessinée entre des traits terrestres plats ; ou une grosse butte chaude, en combustion parfois, drapée de bois thermophiles. Le terril met une époque (révolue) entre parenthèses. Auparavant, à partir du vide, voilà, les grains de poussière fertile à la dérive se sont frôlés. A fleuri d'eux un habit de lumière, immigré, austral, se sont tendus une peau verte et fragile, un sein battant de troncs, du sud encore, en rang d'oignons, s'est créée une forêt olympienne, en un élan incoercible vers la vie. Alors on ne lâche rien, on se lève.

Le sol, sur cette colline que je grimpais, n'est plus friable. Lui est indigène. L'hiver doit le rendre fangeux, mousseux, semblable à un cœur pour donner une image. L'herbe y est banale. Rien d'inconnu : y coulent les ronces, des orties bien sûr, y descend un chemin chétif, éclairci par la masse des bouleaux. Dans la craquelure de l'un d'eux, à forcer l'attention, une boule orangée, ailée, se confond avec une coccinelle. Des criquets frottent un chaos. Une vanesse est fatiguée de voler, voler pourquoi. Quelque part, au milieu, quelque chose, du sédiment, brûle, toujours. Par endroits peut-être c'est la fournaise et je ne parvenais pas à me figurer l'incendie. J'étais prise par mes propres visions : cette espèce de jungle m'amenait à celle, plus loin, en contrebas, dans laquelle je me promenais enfant et, dans la chaleur vulnérable de l'été, réminiscences en anorak et cagoule rouges : les odeurs de la brumaille suspendue à la boue, du grésil des feuilles, sous le caoutchouc des bottes, des chanterelles et des pleurotes, de l'écorce humide, fissile et, par conséquent, arrachée au tronc comme une vieille peau par la fillette, et la grenaille brune au bout de ses doigts, les mots qu'elle ne connaissait pas, et les bruits, de la désagrégation, des craquements, du mêlement, eau flaquant sous les pieds en bruine transpirante, limon, lamelles, lichen, et de la léthargie, du ruisseau refroidi, et les mouvements, des cailloux glanés, des pas dans les pas, chassés, cachés, du rire dans le rire et de la main dans la main, de Donato. Je m'attendais à une terre de volcan, au moins étrangère, non pas à celle que je connais ou que je reconstruisais depuis ce mont rendu caduc. Je pensais découvrir un pays dans le mien et je m'étais trouvée en idées, labiles et imprécises – en idées –, dans un endroit, un recoin tout à moi.

À l'arrivée, à cent mètres au-dessus de la ville, à peine quelque deux cents, si on considère la mer, je transpirais à grandes gouttes. Il y avait là une enfant aux yeux verts sages, cheveux filasse et sombres, assise en tailleur, avec une fine oiselle sur l'épaule, empilant des cailloux. Cette fille seule m'interpella : « Pourquoi tu viens ? » (silence, que veux-tu que je te dise) « Pour voir » – la respiration difficile. Je semai la gamine sans structure, la refilai à sa solitude, m'avançai dans le paysage. J'avais trop chaud. J'avais trop chaud en observant le panorama non pas noir mais métallique, vert, brique, et les terrils exotisés, en imaginant autant de châssis à molettes, de tours, de puits, en oubliant parfaitement que cette ville qui s'écrase est bel et bien Charleroi, en plissant les paupières, passant ma main dans la nuque, décollant des mèches, reprenant mon souffle, le ventre ouvert. J'avais trop chaud et, irrévérencieuse, je le répétai,

« vraiment, trop chaud ».

Et ensuite j'avais honte d'avoir vomi ces mots tandis qu'un jour ici les formes de la vie avaient pris feu. C'était le 8 août 1956.

7

Noir

Ah ! Ce qu'ils furent choyés, nourris, séchés, logés dans les baraques des prisonniers, Ah ! Ce qu'ils se trouvaient bien, au fond d'une longue nuit scandinave, mille pieds sous terre sous la mer, voûtés, racrapotés en position fœtale, faits comme des rats, Ah ! Ce qu'ils aimaient s'agglomérer se serrer dans les gayoles et, Ah ! Quelle descente, l'estomac dans la gorge, quels tourbillons, voyage, une dizaine de mètres par seconde, Ah ! Ce qu'ils se soudaient ouvriers, un pour tous pour un, galibots, haveurs, bouveleurs, porions, Ah ! Ce qu'ils se délectaient du concert permanent, redondant, des pioches en rythme avec les crissements, cris, marteaux-piqueurs parfois la bonne humeur, Ah ! Ils balançaient, donnaient leurs bras, leurs vies, Ah ! Ce qu'ils étaient harnachés, équipés, de bottes, de gants, d'une barrette, la bouche nue, d'un fanal explosif pour guetter le grisou, Ah ! Ce qu'ils profitaient de la sécurité très sociale d'un État, ah oui, vraiment providence, Ah ! Ils les remerciaient pour l'accueil, la Wallonie, la patrie et, Ah ! C'est qu'ils en tenaient une, de position, si, si bonne, que les Belges généralement n'en voulaient plus, Ah ! Les jolis cancres chéris du bassin étaient admonestés par des menaces à balles réelles : « *Faut studyî, oudoubin in côp d'pî, èt à l'fosse, gamin !* », bah oui ! Ce que les mineurs finissaient riches, pourtant, riches pour de vrai, à la fin des quinzaines, ce qu'ils tiraient stakhanovistes une grande fierté de leur labeur, Ah ! Ils menaient une existence digne de rêve en rêves à seize, vingt-deux, trente-cinq ans, à cent pour cent : les poumons de pierre, silicosés, Oh ! Miséricorde, sainte Barbe protégeait les corps des embrasements des éboulements de l'asphyxie ultime, les aidait, les veillait, Ah ! La technologie le monde des machines les sauvait, Ah ! Comme ils ne regrettaient pas les vallons, l'horizon, le doux pays natal, la faim, Ah ! C'est qu'ils retrouvaient dans les galeries un peu de celui-ci, les quarante degrés du soleil, la chaleur humaine, Ah ! Ce qu'ils se régalaient à la pause de midi, savouraient leur briquet beurré, houiller, Ah, c'est long ! Eh, c'est long d'extraire, des paillettes, des gaillettes, deux cent mille tonnes, des millions, de tonnes, de francs, chaque année intérieure brute, Ah ! Ils l'ont taillée dans les veines, la bulle, de savon fort, européenne et, Ah ! Ils sentaient la rose, les sudations, le charbon. Ils méritaient en fin de journée, de nuit, le sauna, le Sunlight corrodant, l'huile à salade, de la tête aux pieds. Les bleus sur leur peau ne se grattaient, ne partaient pas, peu importait, ils rentraient au logis nickel d'or finis, fourbus, ils éprouvaient leur cadavre entier, ils s'affalaient, mangeaient, dormaient, recommençaient bien sûr.

Récemment, par hasard, j'ai écouté le récit d'un ancien mineur. Il passait à la radio. Il s'appelle Efisio. Il n'a que septante-deux ans. Il a parlé de son chemin et de son travail. Il est venu de Sardaigne jusqu'à Tertre, au Borinage. Dans le reportage, il évoque un souvenir d'enfance : à Cagliari, il allait chercher des cigarettes pour son grand-père et convainquait souvent le tabagiste de lui offrir un petit caramel. D'emblée, Efisio parle de lui et Efisio se tourne : aujourd'hui, des émigrés africains prennent la route d'eau qu'il a lui-même empruntée, aussi pour fuir. En Belgique, le migrant Efisio est accueilli par un cousin et celui-ci l'emmène au charbonnage et Efisio entend préciser : « C'est-à-dire : en enfer. » Il ironise : « Je suis vivant, tu vois, je suis le diable ! » Puis il admet : « Il m'aura fallu des mois… Je me suis adapté. Après. C'était formidable (il répétera plusieurs fois que) c'était formidable. » Efisio fut manœuvre, monteur, ajusteur. Au fond, il s'octroyait un moment : il éteignait la lampe, observait le toit, la taille, remplis d'anthracites brillant comme l'or, comme des milliers de bonnes étoiles dans un ciel à gratter. Sous ses coups noirs et précis, les constellations s'inventaient, resplendissaient. La lune frappée se décrochait, pétillait dans la paume, et dans cet éden, Efisio continuait d'imaginer autre chose : le charbon nappait les parois et en coulait. Efisio le transformait : « On voulait le mettre en bouche. C'était du caramel. »

Efisio aime le caramel.

J'essaie d'avancer vers Donato qui se tait, s'éclipse.

Je ne l'entends pas, oui, et perds encore sa trace. Donato-latent se cache à l'arrière de l'arrière-plan. Je n'aperçois pas même un maigre trait de silhouette, au loin, de dos. Devant le point de fuite, une construction s'étend et celle-ci est inapte à être une telle construction. Brèchent les briques ou les cailloux, manquent une base, un achèvement.

Si je vois, je vois seulement un vieux visage chuté, si je vois, je ne vois plus de visage. Je suis aveugle. Quels mots pour la suite ?

Je dois me cajoler parfois : si le langage ne rend pas compte de tout, du moins s'y emploiera-t-il toujours. Socle, mouvement.

Je sors de la maison de ma mère. Je veux prendre l'air, pour faire table rase, je vais me promener près des étangs, m'asseoir sur un banc, et m'assoupir, me laisser bercer par le cliquetis de la fontaine factice, industrieuse, et grâce à elle, noter ce qui a été, existé, rassembler les informations comme autant d'indices d'un cœur documentaire :

La première fois, Donato, le mineur, quitte le baraquement peu après six heures. Il est bouleversé par la clarté du ciel d'été et par le noir en plein vol et en amas terrestre et en particules sur les infrastructures, par le contraste, l'abstraction, par la modernité, l'activité, le boucan mécanique, la nouveauté. L'odeur ambiante et le mouvement de la roue du chevalement, et les suies, fumée, crissement, font songer au voyage en train. Le mot « machine » émerge en cistranais, en italien. Donato a peur : cette peur étreignant celui qui ne sait pas exactement où il va et cependant mesure les difficultés à venir. Donato n'est plus un enfant mais comme tel il fronce les sourcils et comme tel il voudrait être rassuré, sa main dans une main serrée. Il ne réfléchit pas, colle sa paume à la paume de Carmine. Les deux sont coulés dans la troupe des novices, prunelles écarquillées, et suivent l'ingénieur, l'ouvrier traducteur, leurs guides :

d'abord les plans, précis, actuels, fidèles au creusement des galeries, dont certains sont dessinés au perspectographe, c'est pour dire de, c'est comme si nous y étions, n'est-ce pas, cependant, la coupe longitudinale est plus intéressante pour vous, plus utile, et les schémas des différentes veines, les Greffier, Marengo, jusqu'à la Gros Pierre, vous les connaîtrez bientôt mieux que votre poche, distribution, chacun a ses papiers, distribution, parfait, parfaitement, en route, suivez-moi, suivez-nous, en route, escaliers, interrogations, derrière la porte la salle des pendus, voici, vous avez votre panier accroché en haut, vous vous déshabillez, vous prenez vos bleus, vos casques, il vous faut vos godasses, passez vos salopettes, on vous attend, et vous les remettrez en fin de journée dans ce panier, des minutes s'écoulent, d'accord, on attend, on se magne, on reviendra aux pendus, ah et, derrière les douches, bien chauffées, vous vérifierez tantôt par vous-mêmes, n'est-ce pas, ici on fournit la savonnette, c'est plutôt sympathique, allez sortons, marchons, entrons, montons, ce sont quelques préparatifs faits plus tôt par vos collègues, vers cinq heures cinquante-cinq je dirais, et hop, la lampisterie, approchez, bon, vous confiez votre carré de jeton, mettons, le vôtre, numéro 201, vous obtenez votre lampe, je vous laisse procéder à l'échange, dépêchez et, en partant, c'est l'inverse, entendu, dépêchez, parce que, nous, en avant, on quitte le jour, voyez le châssis à molettes, ses grandes poulies vous couvent, c'est ce que je dis, moi, ses grandes poulies vous couvent, faut pas se laisser intimider c'est inutile. Enjambée, enjambées, regards partagés jusqu'à la cage, enfin, l'ascenseur. Deux types sont en train d'y glisser une benne gonflée de bois, puis le chef taquet referme le portillon, puis avertit le fond du chargement, lance le signal au machiniste et ce dernier, caché dans les installations, actionne les manettes. Chacun répète les gestes inhérents à ses tâches. L'organisation est militaire. Vient le tour des bleus. Ils ne comprennent rien et les fils tournent, jusqu'au retour de la cage : là, il faut s'aplatir, se marcher sur les pieds. Dans le jargon : la livraison de la viande est annoncée. Et la descente, l'humidité, la terre fraiche, la nausée, la vitesse, dix mètres d'engloutissement par seconde. La peur s'accroît. L'ingénieur a l'habitude évidemment. Il descend chaque petit matin, lui aussi met la main à la terre, faut pas croire. On s'arrête à l'étage deux cents – bleu de Prusse, sur les plans, chez Madame.

C'est difficile pour Donato, pour Carmine, de comprendre ce qui se trame à cet endroit. Il y a des chevaux et des ouvriers, des berlines vides, chargées de charbon, d'étais, tirées, tractées, les couches du bruit. Il y a, dans les anfractuosités, des salles presque secrètes, mystérieuses comme un château, abritant relais électriques, matériel, engins de refroidissement, mots vagues traduisant des mots techniques. Il y a l'oppression, un ventelet chaud halant de l'avant, depuis la mer, peut-être. Il y a la sensation que le faîtage de bois va s'écrouler, la sensation que les tuyaux zébrant les murs en tous sens sont les pattes d'une immense araignée omophage, prête à se révéler. Il n'y a que des lueurs, des petits points de lumière douce, il faut se concentrer : c'est difficile, pour chacun. On reprend la cage, on va plus bas, les gars. Alors les gamins s'entassent à nouveau, Donato écrase le godillot d'un type, le nommé Josse et, par excès de politesse, de prévenance, s'excuse, ça va ? Oui. Et le haut-le-cœur reprend le ventre, les oreilles bourdonnent et le tympan vacille et les yeux sont fermés. Les impressions de la douleur et de la chaleur sont réelles. En un instant, les tempes implosent, les vêtements collent, chatouillent, la langue s'assèche. On croyait chuter dans le vide mais on s'arrête, on sort de l'élévateur, on sort dedans la fosse. On arrive à l'étage six cent quatre-vingt-cinq, bleu de cobalt : on est autant de mètres sous le sol, de grosses pierres. On ne fait qu'une promenade. Parfois, pour arriver au front de taille, il faudra trente minutes. On continue de s'enfoncer dans les tréfonds, dans la réalité crue et on marque un temps, ou une pause impromptue nous oblige.

Parmi les marques laissées par Donato, j'ai trouvé une photographie en noir et blanc. Elle trône désormais dans la bibliothèque de ma mère. Mon grand-père y est mis à plat. Il est installé sur un vélo semblant neuf, les souliers sur les pédales, devant l'un des bâtiments du Roton. Il tient en équilibre. Il prend la pose.

Il aurait vingt-cinq ans, je serais étonnée. Je lui en donne près de quarante – dans ses fossettes, dans l'ovale de ses joues, les rides. En principe, à moins qu'il ne revienne saluer les copains, à l'âge de la retraite, il est plus jeune. Il est propre. On devine sa peau hâlée. Il porte une chemise à carreaux, bûcheronne, retroussée aux coudes, un pantalon de flanelle ou de velours côtelé, je crois, la qualité du papier me permet de distinguer la brillance, l'épaisseur du tissu, et non les détails. Le vêtement en l'espèce n'a aucune importance, il ne livre rien si ce n'est la saison du portrait de façon imprécise, par élimination : ni le plein été ni l'hiver. Avril et ses jonquilles, septembre en dahlias, qu'importe. Le visage est le point focal : il paraît détendu, heureux, il est tout sourire, plus encore, les yeux chavirent, touchent les lignes des joues, s'alignent aux fossettes. La Sainte-Barbe, le 4 décembre, ne peut pas susciter cette joie. La fête est joyeuse mais la date rend la tenue impossible. Ou alors Donato, figé, grelotte. Est-ce que la journée fut bonne et l'heure a sonné de partir ? Et à la douche, Donato a vu l'eau-boue glisser, se mêler au savon, devenir eau sous la friction de sa chair, le passage de ses mains comme une vague sur le corps de bas en haut, maintes fois, jusqu'à se retrouver intègre, ravi. Ça fait du bien, se satisfait-il de si peu ? Ou tomber, se rattraper, chercher la stabilité des roues amuse le modèle. Ou s'enthousiasme-t-il de son cadeau, cette bécane, de ne plus dépendre de l'autocar ? A-t-il bu un pot chez Gisela, la cantinière, chanté *C'est merveilleux, la vie est peinte en bleu*, à l'unisson avec le juke-box ? La lumière sous mes doigts se déploie dans toute sa plénitude, la lumière sous mes doigts insiste avec son grand sourire ; celle faiblissant, du petit soir, eût-elle pu modifier, d'une part, l'expression, son intensité et, d'autre part, la perception de l'expression, de son intensité ? Et si un compagnon, derrière, faisait le pitre, ou si le photographe avait manipulé Donato, mis en scène le bonheur : « Aie l'air content, détendu (clic-clic) oui, bien ça, très bien (clic-clic). » Non, Donato ne s'est pas prêté à un tel jeu. Avec la pellicule entière, je verrais qu'il n'y a pas une rafale de clichés de Donato, heureux sur sa bicyclette. Se succéderaient en négatif des instantanés pareils à celui-ci, des morceaux disparates de la vraie vie de travail des camarades : eux blanchis, casqués, bras dessus bras dessous, torse nu, les dents de goudron, l'un adossé au mur, moins contrasté, le pied contre la brique, avec son air réaliste, d'acteur de cinéma, les doigts sur la cigarette aux lèvres fines, et l'ouvrier aux contours opalins, flous, d'un fantôme, il se reposerait sur le sol, accroupi, pétrifié dans sa position d'abattage. Et le fait de la photographie, plait-il aussi à Donato, de sorte qu'il se reflète sur sa figure ? Oui, l'hypothèse est permise dans la mesure où Donato aime, à mon avis, l'élégance des portraits en noir et blanc, le chic qu'ils ajoutent à ou précisent dans la vie, bruyante et colorée.

J'ai envie de croire que l'image de Donato représente la réalité du moment où elle est capturée : dedans, dehors la gaieté, pas de mensonge (sauf le mien, pour me convaincre). Que s'est-il passé avant, après l'instant éternel, (captieux peut-être) de légèreté ?

Un jour, personne ne saura rien, quant à cette image. On ne saura pas que le type est un mineur, Donato venu des Pouilles. On ne saura pas que les briques en fond sont celles du Roton. Peut-être même peinera-t-on à identifier cette espèce d'engin sur lequel le type est assis. On dira, voilà la photographie d'un Belge, issu d'un milieu relativement bourgeois, à la fin des années 1940 – on dira voyez son aisance et le chic de son pantalon, cette flanelle ou ce velours côtelé, et voyez cette mèche, le grain de sa peau, et la scénographie.

J'ai beau essayer d'apprivoiser les ombres, celles-ci me circonviennent et me décontenancent. Dans l'ombre, les images ne se distinguent pas. Je pose la photographie sur une étagère. J'essaie de la faire bouger de façon ténue, je la déboîte, je me concentre, j'imagine une animation. Un houilleur dépose son vélo. Il quitte le cadre du papier. Il déambule, seul, sur le carreau délabré de la mine. Il ne reconnaît plus les lieux. C'est lassant. Et soudain, tandis que le protagoniste aux jambes fatiguées s'assied sur un banc, je prends du recul et la mesure de ma bêtise contemporaine : oui, je voudrais regarder l'histoire de Donato comme un petit film parfaitement linéaire, sans espace noir ni teinte blanche. Chaque soir, un nouvel épisode. Un long texte serait soutiré des mouvements, des gestes, des rencontres, des déplacements. Je me reposerais. Je me retrancherais derrière la passivité de l'activité, je me retrancherais de moi : détachée des événements, je mangerais des pop-corn. J'aurais des certitudes, scientifiques si on veut, moins d'angoisses. Il y a pourtant dans l'objet-livre ceci de plus évident, pour moi, que dans la projection télévisuelle ou cinématographique, ou dans la réalité saturée : le personnage a beau liserer les phrases, souvent, il les troue, ce faisant, il surgit, à travers le papier, il jette sa main qui agrippe le cou, remue le col, provoque la desquamation de la nuque, et repart, éparpillant ses doigts au cœur des nombreux creux laissés par les mots ; dans les blancs il s'exprime aussi. Il est constitué d'épaisseurs et de manques, telle la vie, du reste, avec les souvenirs qu'elle nous concède.

Donato est Donato est Donato est Donato est. Sans fin, c'est tout.

L'homme effectif de là-bas ou d'ici est toujours incertain. C'est tout.

Et puisqu'il est question d'un cliché, réglons celui-ci : oui, Donato ne se confond pas avec le stéréotype de l'Italien vivace, bavard, bavard et superbe. Il faut s'y faire.

... Et, au bureau, il faut s'accrocher réellement. Le tour de la recette du fond se poursuit, entretemps, avec l'ingénieur et l'ouvrier traducteur. Donato et Carmine se serrent toujours la main. Leurs gestes sont cachés par le noir, comme un chat se faufilant très justement entre les roues d'une berline. Que fait-il là ? Il perd ses plumes de corbeau et il aboie. Chacun se fait une idée, une toute petite idée du travail auquel on se tue. Il y a dans le cœur de la fosse, à tous les étages, dans chaque bouveau, la même effervescence que sur le carreau. La troupe passe entre les chariots, marche au pas cadencé, s'approche et se présente, rencontre des haveurs couchés entre les pieux, dans une veine basse. Ceux-ci piochent des grenues. Ils ont le nez sur l'épais plafond de marchandises, leurs ventres nus sont happés par la taille. Ils sont tordus. Donato compatit à leur douleur, comme s'il n'était pas des leurs. Un galibot passe aux travaux pratiques. « Allez, dit le contremaître, allez-y, c'est pénible mais dans ce coin ce n'est pas dangereux. » Le jeune Sicilien se plie, s'agenouille, selon son usage, et élonge les bras, râle pour casser. Il manie la rivelaine avec habileté. On devine l'habitude de besogner avec un tel outil. « Bien, bien, vous ferez vite un bon haveur, monsieur ! » On reprend la visite. Un peu plus loin, d'autres abatteurs s'attaquent au bouchon riche obstruant la galerie. L'un d'eux est muni d'un perforateur et arrache facilement de grosses couvertures d'anthracites. A priori, les corps courbes se dégagent de la poix devant eux. Mais plus on les regarde, plus il semble qu'ils se font aspirer par le mur gras. L'ingénieur commente : « L'appareillage moderne permet de travailler davantage en se fatiguant moins. » Une bruine de charbon se répand sur les bouches.

Le chemin tourne vers la droite et on l'emprunte. Il monte un peu, se rétrécit par endroits. Ici un pied, ici un crâne, quartier Santoro du nom de l'ouvrier à sa direction. Là, on parle *italiano* et, là, dans le schiste, la calcédoine et la poussière, des fossiles d'abdomens rougeauds, d'ailes, de coléoptères, de moustiques, de guêpes, de larves, d'écailles de nageurs, de la Pangée, on n'en voit rien. La route se termine par un capuchon rocheux mais faible devant lequel un boutefeu réfléchit. Il s'est assuré de l'absence de grisou. Il a introduit les bâtons de dynamite et les cartouches amorphes et l'argile, dans les fentes. Il va procéder aux dernières vérifications avant l'explosion. « Juste une minute, chef. Ensuite j'y montre à tous ? » L'ingénieur opine et, machinalement, le traducteur le singe. Le boutefeu tâte la charge dans les cavités plusieurs fois puis siffle, tend le front de tous côtés. Et il recule, muni du détonateur. La coterie des stagiaires s'était éloignée du chantier pour respecter une distance de sécurité, placée néanmoins face à la cloison à traverser. La détonation est forte et courte, suit la rumeur des éclats de pierres, et on entend les plus coriaces, en décalage, tomber avec lourdeur. Des trésors se perdent et une nuée de sable pique les yeux. Qu'importe, des boiseurs aveugles s'activent, bras, bras, afin d'afforester la suite de la galerie. Donato tient le petit bétyle-Cloe dans sa poche. Carmine tient la main de Donato tient la main de Carmine. Josse voudrait se serrer contre eux. Les deux Italiens se rejoignent en pensées. Ils songent aux coups du sirocco. Et ils se lâchent, se grattent les paupières. Dans la clameur ils ne sentent pas l'odeur d'éther. Malgré le chamboulement des sens, en fermant les yeux, Josse quitte son corps au fin fond de la mine. Ce qu'il se passe quand on ne comprend pas, que tout à coup, quelque chose s'ajoute et de ce fait le tout vacille, pour lui comme pour, c'est comme s'il voltigeait, feuille morte, feuille errante, brusquement si légère, feuille arrivée, là, par des mouvements du ventre de faim, la boue n'est pas de la boue ni l'eau de l'eau, même la chaleur est d'une sorte inconnue et ce vol, précédé de cet envol, n'est pas celui d'une hirondelle et pourquoi se quitter pour tout quitter, il se met à côté, c'est une ruse allant de soi pour avancer. À l'instant d'après, Josse retrouve ses esprits et la mine : il n'a pas le choix – puis, on dirait qu'il éternue.

De retour dehors, à l'intérieur du bâtiment intellectuel, les garçons suivront une leçon technique. Désillusions du cœur : à la fin de la journée de formation, Carmine prend congé. « Ce n'est pas ce que j'avais envisagé, ce n'est pas pour moi (dans le vacarme) ni pour toi, personne. » Dans l'ombre du minaret, dans la cour, il se retourne en entendant les cris pointus, de joie et de désappointement. Au fur et à mesure que les hommes remontent, ils sont accueillis par leurs familles, accrochées à la grille, venues vérifier que le désastre qui les menace avec constance ne s'est à présent pas réalisé. Alors que certains s'embrassent et s'en vont prendre un pot, les mains moites et impatientes d'autres enserrent les barreaux, se tendent parfois dans les fentes où aussi des visages se carrent. Des questions capitales fusent : « T'as vu Eugène ? » Il arrive. Ouf. Carmine est énervé par ce qu'il a vu et en raison de ce qu'il a... « Qu'est-ce que tu as cru ? » Le mineur Donato Antonello, numéro 201, du charbonnage Sainte-Catherine à Farciennes s'enfoncera quant à lui dans les tréfonds durant plus de quinze ans. *Donato*, littéralement, s'est donné, offert – pour qui, pour quoi, on le sait. Pourquoi ? Donato croyait dur, pareil à du fer, incontestable comme une évidence, qu'il y aurait une contrepartie. Il y en eut une, oui, et Donato à mon avis estime l'avoir obtenue – il faut déceler la nuance pour rendre compte de la vérité : Donato a gagné sa vie.

Carmine, lui, avait quitté sa campagne, ses bêtes, cet enfermement, et Saverio et Cloe, Natalia même, pour aller danser, c'est-à-dire s'ancrer, empreindre, tendre la main, la poitrine, gonfler les muscles, se délier sans arrêt, la langue en virgule, respirer le vide, haleter. Se cogner, heurter. Désirer, tomber. Tomber, choisir sa pirouette. Voilà ce qu'un jeune homme a pour ambition folle et impossible. Dès lors, il ne se résout pas à l'échec. Il n'a pas de poils sur la langue, il exprime son intention à son ami, il vient de la saisir, fort, et elle ne partira plus puisqu'elle existe. Carmine ne chuchote pas viens, accompagne-moi, à Donato, non. Donato n'a pas cette envie de giguer, caracoler, farandoler. Son compagnon ne l'ignore pas. Carmine donnera ses derniers sous pour reprendre le train en direction du sud. Il échappera à la mine et à la procédure de rapatriement officielle, à l'incarcération au Petit-Château, à Bruxelles, jusqu'au prochain lundi, jour de convoi vers l'Italie. Carmine, libre, ira chercher Natalia. Il le sait, naturellement : elle aussi voudrait danser. Ensemble, ils quitteront Cisternino, ensemble, véloces, ils bourlingueront, vivront de travaux journaliers. Tous les soirs ils seront les rois d'un tout petit monde, mais ils seront les rois. Ils s'arrêteront à Bologne. Ils inventeront sans fatigue quelque chose comme la vie. Ils travailleront sous les arcades d'une rue rouge, lui dans un bar, elle chez un bouquiniste. Elle s'inscrira plus tard à l'université où elle mènera tambour battant des études d'économie politique. Et elle souhaitera poursuivre ses classes et ira jusqu'à préparer une thèse de doctorat. Celle-ci porterait sur la question du *Mezzogiorno* ou celle de Donato et de ses pairs ou, en des termes précis, selon l'hypothèse que Natalia retiendra, sur la conciliation économique du Nord et du Sud, réalisable, et aïe. Le postulat de base, à confirmer ou à infirmer, paraissait simple, pour ne pas dire naïf, et l'étudiante l'avait voulu ouvert, sans doute trop : avec tant d'académiques, d'essayistes, de théoriciens, sur le sujet, elle s'était cassé les dents. Son projet aura été moins vain si, ici, j'en retranscris la moelle et fais part de sa difficulté, son empêchement.

D'emblée, souvent, pour celui qui cherche, l'étude ressemble au rocher de Sisyphe, et Natalia au seuil de son enquête pressentait que chaque montée serait suivie d'une descente. Pire, peut-être la chercheuse se cantonnerait-elle à stagner, écrasée par la lourde pierre, sans jamais s'élever.

Elle avait procédé tel qu'il se doit, avec méthode et honnêteté intellectuelle. Elle avait d'abord défini les termes conciliation – c'est-à-dire, entre autres, respect –, Nord, Sud, elle avait expliqué pourquoi elle estimait devoir rejeter certaines expressions restrictives et orientées, bannis le « problème méridional » et la « question méridionale ». Bien sûr, elle constatait la nécessité de son enquête. Pour autant que de besoin, elle étayait non seulement la disparité des richesses et aussi l'indigence. Dans les prolégomènes, elle ne manquait pas d'énoncer ceci : elle indiquerait très clairement ceux parmi ses développements qui ne relèveraient pas du fait, de l'Histoire, mais de l'idée ou de l'opinion personnelles. Elle désirait le consensus, candidement l'évidence, s'imposant avec transcendance, de sorte que, dans la mesure du possible, elle refuserait de colorer politiquement son discours. Elle faisait valoir que les écoles, les doctrines, les partis, continuant de s'opposer, empêcheraient de dépasser l'antagonisme. Elle ne taisait pas même les raisons de son intérêt pour le sujet : naturellement ses origines milano-cistranaises mais encore son attirance pour les préceptes de Gramsci. Dès lors qu'elle ne voulait pas que quelque contempteur, tenté par la facilité, taxât son exposé ou des parties de celui-ci de gaucho – communiste –, elle mettait les théories de son maître entre parenthèses. Elle justifiait tout.

Elle reprenait les motifs, déterministes ou contingents, capables d'élucider la faiblesse financière des uns par rapport aux seconds. Elle les vérifiait, examinait leur historicité – la géographie, le climat, les activités primaires, dépendant des conditions météorologiques et des hommes, l'exode de ces derniers, les ressources, le libéralisme, la moindre pression fiscale des provinces septentrionales, les subsides octroyés à l'industrie, le retard accumulé par le pays et au sein de celui-ci par les régions australes, l'absence de confiance en la nation, ses causes, etc. Elle avait démontré que l'état de faiblesse accentuait l'état de faiblesse. Pédagogue, elle utilisait une allégorie, celle de la boule de graisse grossissant toujours parce que des déchets, des gravats, des brins d'or même, des bonnes et des mauvaises représentations, s'y collent. Elle concluait à ce stade, avec d'autres, au caractère plurifactoriel de la pauvreté monétaire.

Elle avait ensuite envisagé le travail en aval : il s'agissait de mettre la balance à égalité. L'échec était cuisant : Natalia n'était en effet pas parvenue à ordonner les éléments justifiant le décalage Nord-Sud – lequel avait la prépondérance, et dans quelle proportion ? En conséquence, elle ne réussissait pas à dégager des pistes pour la conciliation. Ici la volonté d'objectivité de Natalia, sincère, était annulée par ses idéaux, son cœur. Intervenaient des doutes que la chercheuse n'avait pas pu surmonter et qui entachaient les résultats obtenus : ils remettaient en cause la proposition de départ. En théorie, elle n'y parviendrait donc jamais. Car oui, qu'est-ce que la conciliation si elle est purement économique ? Que signifie-t-elle si elle manque de tenir compte de TOUT ce qui fait la richesse d'une région, du pays divisé ? Que vaut Naples ? Et sa pizza, ses souterrains, ses cadavres, sa baie ? Et Pompéi et le Vésuve et la côte amalfitaine, Matera, Syracuse, Catane, l'Etna, Stromboli, Cisternino, Ischia et les bébés ? Les vies des humains, ratatinées, arrachées, minorées, mineures ? Combien paye-t-on les *trabucchi*, le Nero d'Avola, la beauté abrupte, fleurie, du Molise, les *arancini*, la *caponata*, un coup frais de *limoncello*, l'or vert, les tarentelles, poètes inconnus, tus, phénix infatigables, la splendeur d'un matin de sirocco, les traditions impétueuses, Cecilia Mangini, Emilio Greco, Goliarda Sapienza, les *burrata-scarmoza-provolone* ?

Alors que Natalia avait abandonné ses projets, Carmine servait des cafés et, pour son ami, Donato, dans la pratique : la descente, la montée, le petit rang d'abatteur.

Il remplaçait les prisonniers de guerre. Il s'ajoutait aux inciviques, mis à la disposition des mines par le département de la Justice.

Derrière le bureau, j'apprends ceci. Juridiquement, Donato « prouv[ait] au monde la volonté de l'Italie de concourir au relèvement économique de l'Europe » (article 1°, alinéa 1er, du protocole entre la Belgique et l'Italie concernant le recrutement de travailleurs italiens et leur établissement en Belgique, signé à Rome, le 23 juin 1946). Il a fait partie des cinquante mille travailleurs dont le transfert fut organisé, contre deux cents kilogrammes payant de charbon par jour, par tête (accord du 20 juin 1946, préalable au protocole du 23 juin 1946 et préambule de ce dernier). De façon générale, le Gouvernement italien « s'[était] efforc[é] de documenter au mieux les candidats mineurs, notamment en attirant leur attention sur le fait qu'il s'agi[ssai]t d'un travail au fond de la mine, sur la nécessité pour eux d'être relativement jeunes encore (35 ans au maximum) et en bon état de santé » (article 5° du protocole). Quant à lui, « [l]e Gouvernement belge veill[ait] à ce que les charbonnages procurent aux mineurs italiens un logement convenable », « une armoire qui puisse être fermée, [...] un lit à ressorts muni d'un matelas (paille exclue), de couvertures en nombre suffisant et de draps de lit qui seront changés deux fois par mois », « une nourriture conforme autant que possible à leurs habitudes alimentaires, dans le cadre du rationnement belge, des conditions de travail, des avantages sociaux et des salaires établis sur les mêmes bases que ceux payés aux mineurs belges » (articles 3° du protocole et 5, 2°, de l'annexe, signée à Rome le 26 avril 1947). Les dortoirs devaient être « convenablement chauffés selon la saison » et, « sauf le cas de désir exprès des travailleurs, les lits superposés [...] évités » (article 5, 1° et 3°, de l'annexe). Il fallait que « [l]e prix maximum pour la pension complète ne dépasse[...] pas 50 francs par jour, y compris le logement, l'entretien, le nettoyage des locaux et le blanchissage des draps de lit » (article 6 de l'annexe). Il « accept[ait, oui, du verbe accepter,] le principe de la possibilité de récupérer [*sic*] par le moyen de retenues sur les salaires des mineurs les sommes avancées à ces derniers en Italie pour leurs frais de départ, à condition toutefois que soit reconnue la priorité des dettes éventuelles contractées par l'ouvrier envers la direction des mines et à conditions également que les ouvriers autorisent explicitement de telles retenues [*sic*] » (article 8° du protocole).

Dans les trous du texte, il y aura le fait que le charbon belge était onéreux et que, si possible, l'Italie ne se fournirait pas chez son cocontractant, et il y aura le fait que les entreprises minières procéderaient aussi à des embauches de têtes via des travailleurs déjà au fond, autrement dit, le fait qu'elles engageraient des cousins, des copains, des frères de mineurs établis, qui échapperaient à l'exigence de l'exportation réciproque de charbon.

À ce stade, dans les blancs, il y a encore : l'apprentissage du français, la formation ou la gestion des accidents.

Très concrètement, au fin fond du trou, inlassablement, mon grand-père de chair façonnait son récit. De façon méticuleuse, il caressait le charbon. Il était moins rapide que sérieux. Dans un papier consacré à la main-d'œuvre étrangère dans les charbonnages, le journal *Le Soir* du 31 août 1946 soulignait le rendement peu satisfaisant des sudistes par rapport aux prisonniers de guerre allemands, ainsi que leur enthousiasme mineur pour la profession de mineur. L'auteur de l'article définissait les causes de cette implication en demi-teinte : le climat des Napolitains et des Siciliens en particulier les avait accoutumés au *dolce farniente* et, d'habitude, les Italiens manquaient d'ambition. Il écrivait : « L'état de manœuvre suffit à la plupart. Seuls quelques éléments s'efforcent de devenir ouvriers 'qualifiés'. » Il constatait : « Certes, on doit admettre que, comparé au luxuriant paysage italien, l'horizon enfumé des corons et des cités ouvrières du Borinage, du Centre ou de la région de Charleroi, manque de charme. Où sont les palmiers, les pins-parasols et les séduisantes guirlandes de cyprès qui, dans la patrie de Michel-Ange, découpent leur silhouette sur l'azur du ciel ? Sur un autre plan, où sont les pâtes odorantes, assaisonnées aux tomates, où sont les larges rasades de Chianti ? » Un sénateur socialiste, ancien houilleur, dans l'*Action syndicale* du 10 août 1946, expliquait quant à lui : « Les premiers contingents sont arrivés. Leur mise au travail ne se fait pas sans quelques difficultés. L'adaptation s'avère laborieuse. Ce fut pour une large part des éléments recrutés dans le Sud, peu préparés au travail fatigant, qu'il ne faut pas confondre avec les Italiens du Nord, travailleurs endurants et aptes à tous les gros travaux. Des désertions en masse se sont produites. Le travail des mines ne convient pas aux ouvriers des régions chaudes, où le soleil ardent prédispose à l'indolence. » Mais Donato, lui, je le connais : il n'était pas oisif. Si son efficacité diminuait, c'est qu'il prenait soin de réduire les risques à leur minimum. Il était précautionneux. En cas de doute, il s'arrêtait, s'adressait à plus savant que lui. Le chef-porion lui indiquait la direction à prendre, les murs à démolir ou, au contraire, à maintenir. Donato obéissait.

L'État et les compagnies minières en général investissaient le minimum, parce qu'ils arbitraient leurs efforts, pénibles funambules sur la ligne séparant la catastrophe et la médiocrité des conditions, alors on croise encore des chevaux archaïques en bas et, en un sens, c'est tant mieux. Il importe que le rendement soit bon – on dit rentabilité, on dit élevé, malgré tout. Le charbon vaut de l'or, un or en cacaille, dans la mesure où le capitalisme est ouvert et concurrentiel. Avant de regagner la surface, après le labeur, Donato caressait les chevaux, voilà, c'est tant mieux, il lavait ses mains sur leurs robes sombres. Ainsi calmait-il ses mains fidèles, ainsi leur octroyait-il cette douceur pour les féliciter.

Puis personne ne l'attendait derrière la grille. Il filait à travers les vieilles rues. Le ciel wallon se découpait parfois en différents ciels, en haut d'abord la fumée grise et, au-delà, la couture des lueurs blanches, et à l'opposé, un fatras de nuages gris clair, dessinés par une lumière forte, pleine de rayons, quasi religieuse, et le roulement de formes éparses, puis l'aplomb, des silhouettes dissipées en un instant.

Les week-ends, Donato bûchait ferme. Il apprenait le français. Son habitude de manier l'objet-dictionnaire l'aida à acquérir *des vies* un contingent de vocabulaire. Il définissait. Il fallait tordre les mots afin qu'ils entrent dans la gorge et parfois, ça grattait. Donato avait dur, ce n'était pas une mince affaire, de recommencer avec le zéro, comme un enfant bon à lire *roule galette, roule roule galette*. Mais, pas après pas, seul, il *divenissait* trilingue. Il avait cette chance que les langues source et d'arrivée partagent le même alphabet ainsi précisément qu'une source commune. Sa langue s'ajoutait, s'accidentait et s'enrichissait, s'embellissait. Donato disait *nouage* pour nuage, *fort* pour dehors, *libre* pour livre. Il disait *le marre* pour la mer, le terril. Il apprenait à dire *Je* et des mots fermés et des mots fermés qu'il ouvrait et des mots ouverts. *Je m'appelle Donato. Il fait beau. Je suis mineur. Donne le perfor-m-ateur. Comment tu vas ? J'apprends, bof. Et toi ?* Donato répétait *C'est un petit quelque chose*, face à un problème, ou en clignant le regard, un biscuit à la main, ou pour dire la fleur ou les coups dans le mur, *c'est un petit quelque chose* décrivant le monde. Le prénom se conserverait et le soleil, d'en bas, resterait le soleil brillant. En réalité, c'est un petit quelque chose.

Donato quittera son poste d'abatteur, occupé par un quart des mineurs en moyenne, en même temps que la fosse.

Interrogés par les médias plus ou moins récents ou les sociologues ou des oreilles attentives, celles qui se sont tendues, les anciens mineurs expriment la fierté qu'ils tirent d'avoir exercé un métier noble, utile, difficile, endossé de lourdes responsabilités. Ils précisent ainsi les raisons de cette fierté comme s'il fallait la définir, comme si elle n'allait pas de soi, comme si elle ne correspondait pas à ce sentiment dont on a l'habitude. Je ne sais exactement quelle serait la fierté habituelle, elle me paraît liée à, découler : de l'appartenance à un milieu social, d'une éducation tenue pour supérieure, d'accomplissements professionnels visibles, tangibles, reconnus, d'un certain niveau de vie – d'un bel appartement ou une grande maison, quatre façades, un jardin et des vacances et des voitures carboniques. La fierté habituelle est peut-être infatuée, arrogante. Parfois, les mineurs, eux, craignent de se vanter. Ils disent ces phrases : « On va croire que je me vante » ; « Je ne veux pas me vanter. » Chacun explicite ensuite sa position. Un porion d'aérage dit : « Je mesurais le gaz, je répandais l'air » ; le surveillant dit : « J'aidais le porion » ; un sauveteur dit : « J'ai arrêté quand j'ai eu peur de défaillir, je pouvais pas faire ça, défaillir, j'avais trente ans aux secours » ; un pompier dit : « Mon boulot, c'était l'exhaure. Tu vois ? Fallait pas que les voies s'affaissent, avec toute l'eau (...) Je suis resté jusqu'à la fermeture – si je partais, je savais, on m'aurait pas remplacé » ; un abatteur dit : « J'étais pas intéressé par monter en grade, le cœur du travail, c'était ramener le charbon. Pour notre industrie. Non ? » Et les morts disent : « On n'a rien lâché. » C'est important. Ils étaient Italiens, Hongrois, Algériens, Allemands, Tunisiens, Polonais, Ukrainiens, Espagnols, Français, Néerlandais, Roumains, Marocains, Russes, ils étaient Kurdes, Grecs, Turcs, Belges, notamment, et dans cet ordre aléatoire, et leurs mots, leur fierté, à tous, tissent les liens de la société.

Ils étaient des gueules noires, ils avaient un visage.

Donato acceptera son sort, sans rechigner.

Ce que c'est qu'une vie.

C'est la bataille quotidienne, et la déliquescence, et la flaque, la dépression façonnée par les faits économique, politique, juridique, journalistique, social.

En *réalité*, c'est une ritournelle.

C'est trouver les significations matérielles du courage, c'est-à-dire, selon le dictionnaire, la fermeté du cœur, la force de l'âme.

C'est anéantir : égalité, chance.

Et c'est le sens qui invariablement fuit.

Négociations du destin et de la liberté.

Tourne, tourne.

Le cœur se fait ratatiner.

Le cœur de Donato aurait-il changé avec le charbon ? Comment fut-il pour de vrai ? Est-ce que les cœurs changent, avec le charbon ? Quelles régions de quels cœurs changent, avec le charbon ?

J'aurais pu contacter Carmine. Celui-ci m'aurait dit les transformations de Donato. Ma mère conserve un sacré bric-à-brac dans le grenier de la maison, où je suis actuellement tapie : des bibelots et autres vêtements d'enfant, une collection de revues des années 1980, un pommeau de douche, oui, emballé dans son plastique intact, tamponné d'une notice, et des figurines de Pinocchio, et je pourrais continuer de détailler ce désordre incroyablement concret mais m'arrête au carton contenant les menus souvenirs de mon grand-père. Lui ne possédait pas grand-chose (il n'était pas de ceux qui amoncellent les biens sans relâche, consomment, s'inventent des besoins). Parmi les reliquats de sa vie, ou autant de trésors, pour moi, j'ai trouvé un casque, sa lampe de fond, électrique et cabossée portant le numéro 201. Je suis tombée sur une bourse en basane et une tirelire : il y a de la mitraille dans celle-ci et, dans celle-là, des cartes de visite, sur une feuille déchirée, une liste de courses (lait – beurre – œufs – sucre) et le menu d'un bar, plié en quatre, dont j'ai rêvé, comme un vrai rêve, un instant, qu'il portait les coordonnées de Carmine, à Bologne. Ce que je tirerais de ma conversation avec ce dernier, dans un parfait français, paraîtrait confus. Au commencement, en italien, il serait étonné : « *Oh ma Signore* (…) *Signore, davvero* ? C'est exact, vous appelez de la part de Donato ? » Je répondrais la vérité : « Non – pas du tout. » Il dirait : « Clio, ça ressemble à Cloe, c'est un beau prénom. » Je le remercierais quoique je n'y sois pour rien. Ensuite il dirait des couleurs : blanc, gris, marron, vert, azur. Il formulerait des phrases sibyllines telles que « de là-bas, on voyait loin, tu sais ». Je marcherais littéralement de long en large dans le jardinet. Je m'interrogerais : est-ce une image ? Est-ce la description fidèle du paysage ou un constat tout personnel ? J'écouterais, Carmine n'évoquerait pas son père, sa sœur, que mon grand-père adorait tant. J'écouterais, je ne suis pas une enquêtrice, je ravalerais les questions dans mon thorax. Carmine n'entrerait pas dans les détails et je serais déçue. Il passerait du coq à l'âne. Il insisterait sur un bien immense : Donato fut tellement gentil. Il ne l'aurait revu qu'une fois, un été à Cisternino : à cette occasion Carmine aurait construit un berceau pour ma mère, bébé de lait, rencontré Nora évidemment – se tairait. Lui et Donato auraient bu quelques verres, sur la place, est-ce que je vois, cette place, blanche, avec ses contrevents verts et la tour de l'horloge ? Oui, elle est belle, ah oui. Carmine aurait demandé où joindre son ami, comment prendre de ses nouvelles à l'avenir, et les carillons des téléphones, parfois : les dialogues du couple auraient été courts, toujours, et les affaires du présent occultées, sauf, naturellement, s'il s'agissait de faire part d'un décès. Les années passant, sans nouvelle de Donato dont la ligne ne fonctionnait plus, Carmine aurait cru…

Natalia prendrait le combiné, sa voix serait si claire, elle soupirerait gentiment : « Dis, Clio, je peux te nommer, Clio, Carmine est fatigué. »

Je me rends compte, après avoir raccroché dans ma tête, que mon ventre tremble. Il gèle à pierre fendre. Mon corps est stressé, tendu, il a le bout des doigts rafraîchi. Je sais qu'il n'y a pas de secret entre Donato et moi et, néanmoins, j'éprouve la position de celle qui fouille, déterre : par moments, j'en suis honteuse. Je voudrais sincèrement trouver le cœur de mon grand-père et j'ai bien peur, dans cette quête, de me comporter en intrigante, en personnage vulgaire et sans éthique, incapable, pour le surplus, de saisir la réalité, la faible réalité.

Pourtant une force me pousse, je persévère. Je crois quitter les idées. Je jauge les objets de Donato.

J'attrape la tirelire, son prosaïsme me rassure. Elle a la forme d'un cochon ridicule. Je décolle le capuchon de la panse. La menue cagnotte s'élève à une paire de pièces, collées ensemble par la saleté. Je les détache. Ici, il me faut admettre : je ne crois pas à la coïncidence. Un mineur est gravé à la tête des cinquante centimes de franc belge, d'après un bronze de Constantin Meunier. À l'avers des deux lires italiennes, figure un paysan ancré, charruant. J'ai envie d'imaginer que le dessein de Donato fut de garder cette monnaie et uniquement celle-ci. Elle représente au premier chef son monde à lui. Je resterai longtemps, une dizaine de minutes, absente, accroupie sous une poutre de la mansarde, avec ces anciennes devises dans chacun de mes poings fermés, et j'hésiterai : quelle est celle méritant la main gauche, toujours celle du cœur ? Je trancherai : ce ne sont que des vulgaires piécettes, elles ne méritent pas mon sein, c'est ridicule, cette ferraille s'avère précieuse. Je ne parviendrai pas à regarder le miroir des choses en face. Je ne penserai qu'à ceci, ce truisme : ceux que l'on nomme injustement les petites gens sont souvent des monnaies d'échange et, à cette peine, s'ajoute celle de l'oubli.

On ne peut pas décemment oublier ceux qui ne crient pas.

On ne peut pas décemment se taire à leur sujet si, quant à soi, on a cette tendance à beugler insensément.

Mais (les pensées sont des trous :) on ne peut pas non plus figer le portrait, la bouche et la couleur des yeux (tilleul aquatique vert lacustre la prunelle bordée par des filaments un soleil tendre petit porcelaine, dépoli). Fixer, c'est empoter, mentir, pire, négocier, réclamer, abîmer, main tenir, assujettir, ce n'est pas juste. Je triture la bourse, je la malaxe et elle prend une forme qui n'est plus la sienne mais semble lui convenir. Je l'ouvre grand. Elle s'est modifiée. Ne reste qu'un rond plat et, en son milieu, le menu plié, la liste des courses, la pile des petits cartons portant des noms inconnus. Celui retenant mon attention mène à la *macellaria* Antonello, sise à Cisternino. On se serait attendu à une mise en page de boucherie, rouge et blanche et non : le fond est noir, moderne, les inscriptions sont en doré.

Le numéro de téléphone apparait en minuscules caractères. J'hésite à le composer mais ma conviction s'est désormais forgée, ou ma perspective a changé : je crains d'obtenir un récit comme un point, définitif et sans souffle, et sans nuances, et sans Donato. Je regarde tant le bout de papier que les couleurs, les chiffres et les lettres se mélangent.

En quittant la maison de ma mère, après quelques journées chez elle, passées entre le grenier et mon ordinateur, longues, longues telle une vie, et le repas, j'ai le sentiment erroné que ce que j'ai connu n'existe plus, en ce compris la maison de ma mère. Si je ferme les yeux, c'est comme si elle n'était plus celle-ci, entourée d'un jardinet, faite de murs de briques rouges, d'une toiture wallonne, encombrée d'un nombre incalculable d'objets. C'est comme si, oui, une fillette vide aux cheveux raides et bruns s'y promenait, et elle s'y promène encore parce qu'elle a gardé son âge, neuf, dix, onze ans pour l'éternité, dans un monde parallèle tout à fait concret quand on y songe.

*

* *

Par réflexe, on verra le noir tel qu'il est littéralement : aveuglant, douloureux, solidaire, révolté.

Dans le noir, quand le soleil est mort de sa belle mort à force de brûler, la vue paraît à la fois obturée et modifiée, aiguisée. L'oreille transpirante redouble d'attention.

Elle perçoit de toute évidence le tohu-bohu des rivelaines, des perforateurs, le boucan vague de l'exhaure, le crissement des berlines, le pas des chevaux, les efforts des corps travaillant, souffrant, l'allure du vent, les pléonasmes des grillons, *tss*, *tss*, *tss*, et, parfois, elle hallucine : elle croit entendre les trilles cassés d'un rossignol.

Si elle divague, elle reste attentive à la langue du danger. Le crépitement du pin du boisage précède son écroulement. Les craquements soufflés peuvent provenir d'un feu. Le couinement et la course à pleines pattes des rats annoncent un éboulement. Le calme du fouissement signale la chute des collègues telles des mouches ou des grosses gouttes de pluie, un ruissellement tropical, la déshydratation défectueuse du sous-sol, ou le vide des souffleuses, que le mauvais air peut-être stagne, et le râle, le chuintement des bronches, la toux insatiable d'un ami, font aussi craindre le pire. Le nommé Josse, je crois, ouvre grand la bouche, avale la glue, le venin, les pucerons. Il éternue.

Dans le noir, la force de l'esprit est poussée à son comble.

Le mineur tâche d'oublier la redondance outrancière de la tâche. Le mineur tâche de ne pas oublier le ciel. S'exécutant à la tâche, aussi, il doit enfouir les questionnements externes, privilèges des existences indolentes.

Il s'abat à l'ouvrage. L'énergie tous les jours s'amenuise. L'énergie s'installe à côté des épaules et elle finit par se terrer dans un coin, avec sa jauge creuse.

Le mineur Donato est épuisé. Il travaille parfaitement, le terme se précise.

Éviter de réfléchir, pour lui, devient un outil.

Il pense sans cesse : il faut, il faut.

Il fait.

L'individu mineur est ensuite fatigué d'être fatigué de casser la roche combustible. Alors il parvient à oublier le claquement du grand palmaire, la tension du deltoïde, le frottement de l'œil, les lancements du couturier.

Donato se tait.

Il continue de travailler.

Que signifie le mot ? Travail n'est pas un travail. En ce qui me concerne, le mot douleur est une douleur réelle mais infirme, une sous-catégorie de la douleur, pas un supplément sur le dos.

Quelle est la forme vraie de la douleur ? Vache enragée ? Hache ? Tueur à gage ? À bout portant ? Mur ? Bougainvilliers ? Strophe ? Cœur résilié ? Hapax, s'adaptant à chaque victime ? Exponentielle ? Fragments plus grands que le tout ? Hasard ? Aporie ? Le mot se multiplie et fuit.

L'individu mineur parvient à oublier sa douleur.

Déni du cœur.

En parallèle, c'est bien cela, en parallèle, l'individu mineur a une raison forte éminemment collective. Quand une catastrophe survient dans la fourmilière, la raison individuelle se met en danger : elle s'expose à l'explosion, elle s'aventure dans tous les trous.

Distribution du cœur.

Le mineur est prêt à mourir, oui, pour sauver un compagnon.

Comme la phrase va jusqu'au bout.

Le mineur meurt pour sauver un compagnon. C'est la vérité. Rien à ajouter.

Dans le noir, on fait la fête. On célèbre les kermesses, des carnavals et bien sûr la Sainte-Barbe pour se réconforter, se récompenser, s'oublier, historiquement contenir les révoltes, parfois sans succès.

Ce matin-là du 4 décembre, le dernier pour Donato en tant qu'abatteur, le directeur a rappelé une énième fois l'origine du culte de sainte Barbe. Il ânonnait un texte avec en apparence tant de zèle dans la médiocrité : on croyait qu'il se fichait de son assemblée. Mais ce type était un timide. Il expliquait ainsi sans intonation et sans arrêt que Barbe subissait les foudres de son père parce qu'elle refusait de se marier et que celui-là était païen, et pour le faire bisquer, elle devint chrétienne et elle était enfermée dans une tour cependant rien ne l'arrêtait et que, que, que on s'efforce de retrouver le fil de l'histoire, de toute évidence, des lianes de flocons voltigeaient derrière les carreaux et le charbonnage devait pâlir, se perdre sous une panne blanche, forcément, et une mésange picorait dans la mousse de l'appui de fenêtre, que que, que Barbe refusait naturellement d'abjurer sa foi et toujours cette rengaine, et Josse toussait, toussait, s'époumonait, et son père (celui de Barbe) était fâché et torturait, décapitait sa fille, et le feu du ciel littéralement lui tombait dessus, c'est bien fait, en punition de ses sévices, et le directeur pouvait relever la tête vers son public, à moitié endormi, à moitié dans le vortex polaire, et s'exclamer merci merci pour le travail accompli et éviter de donner des chiffres franchement peu éclairants.

À la sortie, Josse expectorait de toutes ses forces amenuisées quelque chose de noir, du goudron. « Il fait chaud » disait-il entre deux quintes grasses. Donato n'osait rien répondre. Il tapait dans le dos malade. Josse voulait s'exprimer, pliait le ventre au fur et à mesure de ses accès. Ses poumons gris lui refusaient la parole. Chaque année, dès les mauvaises températures, Josse attrapait de gros rhumes. Le médecin du charbonnage les imputait au froid bien sûr et aux courants d'air balayant les galeries. En l'occurrence, il faudrait une radiographie du thorax de Josse amaigri pour poser le bon diagnostic : une dentelle sur les poumons, silicose foudroyante. Pas de veine. Six semaines plus tard, le mineur ne s'étouffait plus. À l'enterrement, les collègues, le cœur crevé, jurèrent que cette défaite ne serait pas vaine. La révolte attendait son ostension, dans son écrin, elle traversait l'intérieur du corps – sens, la vague, sens, la vague.

L'anthraco-silicose est une affection pulmonaire due à l'inhalation des poussières, de silice et de charbon. L'anthraco-silicose n'était alors pas reconnue comme une maladie professionnelle.

On s'inquiétait, à cette époque, des fermetures des charbonnages. On avait peur de perdre son pain. On ne parvenait pas à batailler sans relâche sur tous les fronts – attention, lapalissade : se battre est éreintant et, ainsi, se battre quand on est lessivé par le quotidien exige des forces extraordinaires, à mon sens surhumaines. Certes, sur la base de la loi, le mineur invalide se voyait octroyer une compensation financière et ce, sans distinction de pathologies. Cette indemnisation requérait néanmoins une exposition au danger durant de nombreuses années, au moins dix. Le montant accordé s'avérait par ailleurs inférieur à celui que pouvait obtenir un travailleur lambda, dès 1951, en cas de maladie professionnelle. Et, de surcroît, les frais médico-pharmaceutiques n'étaient pas entièrement remboursés aux ouvriers malades. S'il ne fallait pas être à bout de souffle, il s'agissait bien de se trouver incapable de travailler et, partant, de n'avoir pas encore quitté la mine. Les collègues, les amis de Josse, des jeunes et des moins jeunes, nombre d'Italiens qui s'étaient vu rappeler la véhémence de la maladie, prirent leur incroyable courage dans les mains. Ils organisèrent des réunions avec un avocat : ils voulaient cerner précisément la réalité juridique de la silicose pour le mineur ; ils souhaitaient que la comparaison fût faite entre le régime dont ils bénéficiaient et celui ayant cours pour les maladies professionnelles. L'avocat leur expliqua ce qui précède.

Depuis 1963, en Belgique, la silicose est légalement reconnue comme une crasse, une vraie crasse, de celles dont on ne réchappe pas.

J'ai inventé Josse et j'invente beaucoup, ici. Je n'ai pas inventé Josse et je n'imagine pas tant, ici.

Je suis dans le noir et, dans le noir, il n'y a rien à faire, on perd ceux, que l'on aime.

*

* *

Un indice pour saisir mon grand-père dans son époque wallonne est bien sûr Nora. Donato la rencontra, récompensé pour sa première année de travail, lors d'un bal populaire du vingt-et-un juillet. Lui s'y était rendu avec des amis, des collègues. Tous s'étaient suivis, beaucoup aimaient la fête. Cette nuit-là, plus brute que les autres, *les enfants du pays*, et les nouveaux, *buvaient à chope pleine. La bière coulait à flots, pétillante et mousseuse,* retentissaient dans l'air *le bruit des pots et la chanson joyeuse* du *pays de Charleroi.* La liesse était, est polychrome. Des loupiotes euphoriques striaient le caillebottis de pin de la piste de danse. L'effet phi induisait une valse bariolée au sol. Un orchestre, qui avait fanfaronné dès tôt dans les rues du village, obturait la place de son tapage enjoué, aviné. Les musiciens étaient déguisés pour l'occasion : redingotes marines rehaussées d'épaulettes rouges à franges d'or, bouclées sur les poitrines par des brandebourgs, et pantalons blancs tachés de blonde, bottes noires. Le panache tricolore, belge, pavoisant le bicorne du gros trompettiste, s'était affaissé au fur et à mesure de la journée. Quelques képis traînaient sur les pavés.

Parmi les couples qui, dans la lumière, s'enlaçaient, le plus mignon était celui formé par George l'Américain et la Gompel. Il vaut un aparté. Vers la fin de la guerre, George avait métamorphosé un pigeon-soldat en colombe : il roulait un petit message en caractères serrés dans le cylindre collé à la bague de l'oiseau de tendresse, et ce dernier, éolien, volait jusque chez la Gompel. Les déclarations de George étaient terriblement mal fagotées. Il baragouinait le français. Il mêlait « Beauté – love you » ou « Belle Lady », et semaine après semaine, il cédait à son manque d'inspiration, rédigeait ses poèmes. Après la victoire, George apparut chez son amoureuse. Quel chevalier, songeait la Gompel. Il avait appris des phrases par cœur. Il expliquait en fourrant des « y » partout : « C'ey moy qui vous ay apportey le pygeon. » Il le lui offrit, en effet, et plus jamais il ne revit sa campagne transatlantique du Wisconsin.

Donato pour sa part était encore seul. Devant le miroir, plus tôt, il avait mis d'autres yeux, mais de tilleul toujours, comme on met parfois un autre front, tant bien que mal, en ajoutant à son allure. Il avait cardé sa chevelure, avec les doigts imbibés d'eau de Cologne ; une odeur doucereuse, de bergamote et de cuir, émanait de son crâne ; il portait son plus beau costume d'été, toile beige, chemise opaline. Il disparaissait maintenant dans la ligne des bouleaux jouxtant l'estrade. C'est quelque chose de fondre, dans toute ambiance, le sel peut-être.

Cependant le grand tintamarre l'avait transporté. Sa prunelle brillait tels la nuit, le ciel, en ce temps-ci. Sa vue absorbée s'était posée sur Nora et il souriait, non qu'il la trouvât jolie, si apprêtée qu'elle était, dans sa jupe droite, sa chemise lampassée par les jets croisés des lumières, non qu'il voulût poser sa bouche sur ses joues rougies ou hâler fort ses mèches mises en plis, non qu'il appréciât son aménité ce soir, il ne cherchait pas sa réponse, en fait, il ne l'observait nullement. Son visage s'épanouissait, avec tendresse, parce que, dans la liesse et la moiteur, il avait reconnu Cloe, sa façon de liane, le tournement de ses jambes, son évanescence de papillon. Ainsi, il flottait dans le vague, sur la grève, dans les cailloux et, par hasard, au moment de ses songes, il avait dirigé son regard vers cette étrangère – Nora. Sur cette confusion, cette erreur fondamentale, une histoire habituelle s'ébaucha. La femme, émue par la sensibilité exprimée par l'homme, s'avança vers lui. Elle le dévisageait et, ce faisant, l'envisageait, quelle prestance, quel chic, et ces yeux. Au même moment, Donato revint où il était, sous les arbres. Il se sentit parcouru par un souffle pur. Il arrêta sa respiration, gonfla le diaphragme et sa poitrine, et ensuite il eut un mouvement de subordination, rejeta une haleine de levure. Il comprit qu'il rêvassait.

Les deux inconnus furent en symbiose en se serrant l'un contre l'autre. Ils dansaient sur un rythme enjoué, anormal. Ils étaient d'accord, leurs corps d'accord, et leurs mains et leurs cous penchés, leurs lèvres. La rencontre les figeait. Il n'existerait pas de malentendu, aucune impossibilité d'être ensemble. C'est une vue de l'esprit, bien sûr, nécessaire à l'union des mains et des cous tordus et des lèvres. La moindre parole, un jour, ferait vaciller l'édifice plein de vent, l'unisson. Et alors, il faudrait l'entendre, celui-ci, oui, l'entendre s'écrouler sans bruit.

Au commencement, profitant de la fête, Nora avait requis Donato de la sortir (la désirer, la courtiser) : « Vous m'emmènerez bien, hein, il y a longtemps, s'il vous plait. » Elle fit de la sorte les premiers pas vers Donato. Elle s'approchait, il réagissait. Elle lui tendait la main, elle partageait son français (sommaire, bien qu'elle fût francophone), et il répondait chichement. Il lui offrit d'aller au cinéma, et elle, qui n'aimait pas les films, les trouvait généralement bien trop longs et prétentieux et ennuyeux, acquiesça à la proposition.

Ladri di biciclette était joué au Stuart, à Gilly, ce samedi. Traduit au singulier, *Le Voleur de bicyclette* est un chef-d'œuvre reposant sur un postulat simplissime : un homme en noir et blanc, Ricci, a besoin d'un vélo pour travailler. La chance sourit à ceux qui ne l'attendent pas. Ricci voit son destin basculer favorablement. Comme grâce au ciel, il dégote un poste de colleur d'affiches et il possède une bicyclette, mise en gage au mont-de-piété. Il la recouvre en échange de draps. Tout va, tout va bien mais un coup du sort est rapidement porté à l'enthousiasme du protagoniste. D'emblée, celui-ci s'enlise dans une situation dramatique : tandis qu'il passe de l'amidon sur Rita Hayworth, il se fait voler sa bécane. Durant la projection, ensuite, accompagné de son fils, Ricci cherche le maraudeur. On suit ses pérégrinations (ses déboires, ses humiliations) et on espère qu'il s'en sorte, c'est-à-dire simplement et à tout prix qu'il récupère un deux-roues pour nourrir sa famille, quitte à le filouter. Quand son cœur s'était serré, quand le petit, inquiet, regardait son père, tant de fois, Donato avait tourné la tête vers Nora. De Sica, le réalisateur, réussit à nous berner par une illusion d'optique : on pleure de l'injustice accablant Ricci et les siens à l'écran, on voudrait les sauver, s'en faut-il de si peu et, perdus dans nos sentiments, on se prend à croire qu'on ne sait pas de quoi sera fait demain pour eux. On espère avec eux. Glissement – tout ira bien. Mais, à moins d'une protestation thaumaturgique... la multiplication des pains… dans le monde figé, injuste, le lendemain ne pourra pourtant consister qu'en la copie, stricte copie, du décevant jourd'hui. Comment dire ? Il reste à se sentir bête et lâche à l'excès. Implicitement, on a fixé son attention sur des promesses que le futur ne peut pas tenir.

La séance terminée, le couple flâmma en ville. Nora voulut boire un verre. Donato et elle se tinrent par l'épaule, la hanche. Elle s'élongea, il se rapetissa. Ils furent seuls. C'était un soir un diamant. Les berlines noires, parquées dans la nuit, brillaient sous les réverbères. Les rues étincelaient comme sous le soleil, se cachaient comme sous le goudron. Le tram vert grouillait sur la ville. Il tournait, filait ce lézard, quelqu'un en sautait. C'était tentant de le prendre. Mais c'était cher. Nora dévalisait les vitrines des magasins, achetait de tête une paire d'escarpins laqués ici et, là, un pot de vernis en vogue, aguicheur, un solitaire arrogant. Elle voulait ces choses ou, exactement, être ces choses parfaites dans les étals. Plus tôt dans la journée, alors qu'elle faisait des courses, elle avait déchiffré une pancarte apposée contre la vitre d'un bar, devant une guipure douce ornée de fleurs, « interdit aux chiens et aux Italiens », et elle avait ri. En y songeant à nouveau, au bras de Donato, à l'entrée du troquet, elle recommençait à rire et son compagnon se délectait de la joie sur son visage. La ligne de ses lèvres s'étirait, il était heureux. La vie avait repris son cours après le film, celui-ci s'oublierait. Nora et Donato ne furent pas proscrits de l'établissement. Elle demanda un blanc, lui commanda une bière. Il lui donna les quelques phrases de son vocabulaire balbutiant mais il n'était pas à court de mots. Son langage, dont ses gestes explicites, sa façon d'être, lui suffisait. Dans les rumeurs du café, en silence en fait, Donato et Nora burent leurs liquides amers, puis main dans la main ils filèrent : lui au baraquement et elle chez sa mère. Sur le pas de la porte, cette dernière râlait du retard de sa fille.

Donato tomba amoureux de Nora. Et elle dut en retour s'éprendre de lui, plus qu'une paire de minutes, lors d'un sourire de quelques mois. Tous deux se tinrent la main. Ils s'embrassèrent. C'est quelque chose, oui. Ils se couchèrent dans le même lit, chacun de leur côté. Ils se fiancèrent. Ils se marièrent en comité restreint avec pour seuls témoins la mère, la sœur de Nora et le photographe immortalisant le jour de joie. Le couple emménagea bientôt dans une maison acquise grâce à la paie du mineur. Donato employa tous ses soins pour la restaurer. Il s'occupa des raccords à l'électricité, de l'installation d'un poêle à charbon, de la cuisine et des sanitaires, des toilettes au fond de la cour ; il posa le linoléum, le papier peint et badigeonna d'autres murs du nouveau logis de couleurs décoratives, indélicates et gaies. Une fois les travaux terminés, il rangea ses outils dans le garage sans voiture. Il les réutilisera plus tard pour refabriquer, repeinturlurer, améliorer, rendre toujours joli un lieu, un monde, sa maison. Pour l'heure, un enfant pouvait se pointer et Maria finit par arriver en 1958, peu avant le téléphone. Elle resta protégée tout l'hiver par la peau de Nora qui, malgré elle, devint une forteresse. Un matin à l'aube, alors que Donato s'en allait travailler, sa femme sanglotait sur le canapé : elle craignait de ne pas aimer son bébé à venir.

Avec une fille, la vie continua de se construire, fragment par fragment. Elle se pétrit dans la fosse, elle se pétrit dans les rêves et dans l'ennui des platitudes.

Arriva un matin. Un champignon insidieux, invisible au départ, en germes depuis le préambule, avait grossi au sein du couple et, pour la première fois, sur un ton oscillant entre la constatation et l'interrogation, Nora dit : « T'es qu'un bon à rien ou. Mais ou quoi ? » Elle arborait une moue dégoûtée, donc dessinait des lèvres à peine circonflexes, et durcissait ses pupilles atrabilaires, en observant son époux lorsqu'il pétrissait les gnocchis, abreuvait les géraniums ou quand il épongeait les flaques de jus de poire répandu par ma maladresse. Donato ne pipait mot, pas un mot, pas un mot au-dessus de l'autre. En secret, Nora déplorait-elle la mort de son premier conjoint, écrasé sous les décombres d'une veine, ou s'infatuait-elle de sa supériorité sur Donato ; avait-elle été lassée par la passivité de celui-ci et par son infériorité, selon elle ; regrettait-elle qu'il fût tant là et pas assez présent ; voulait-elle d'un Donato moins taiseux, plus drôle, vivant, fantasque ; vomissait-elle tous les soirs le remugle, cette odeur humide et souterraine qu'il exhalait ; était-elle seulement préoccupée par ses velléités bourgeoises, son besoin de paraître, avec rigidité ; ne pouvait-elle pas aimer, aimer longtemps, conserver un cœur candide, un cœur tel un lézard, qui se renouvelle ?

La succession des faits peut demeurer mystérieuse pour les protagonistes en jeu.

Ou je me trompe et, dès l'abord, Nora fut intéressée par la rémunération de Donato – une famille pouvait en vivre et même acheter tôt la télévision et, remariée, Nora quitterait la corderie où elle s'esquintait les paumes.

Il faut se rendre à l'évidence : plusieurs hypothèses du manque d'amour se vérifient souvent dans la réalité. L'une a pu entraîner la suivante dans une chute irrémédiable de dominos.

Nora fut fidèle à elle-même. Son tempérament caricatural n'était bridé ni par les regards extérieurs sur ses sentiments ni par la culpabilité ni par une intelligence vive. Nora ne se privait pas d'exister avec véhémence par ses énervements. On pouvait l'entendre crier cette injustice : « T'es qu'un bon à rien ou. Mais ou quoi ? » Sans doute Nora n'était-elle pas tout à fait méchante mais exigeante et dure (endurcie). Sans doute n'avait-elle pas les clefs. Elle s'insurgeait contre Donato, les fainéants, les sots, les riches, la poussière, contre ce qu'elle ne possédait pas. Parfois, elle tentait de modifier son monde afin qu'il ressemblât au reste du monde ou à une portion de celui-ci, privilégiée et aguicheuse. Elle souffrait d'un manque d'éducation et d'une culture propre, forte. Elle avait très, très peu d'imagination. Elle était maquillée, endimanchée lorsqu'elle allait se promener en ville, elle adorait se balader dans les belles rues de Charleroi. Elle parfumait son cou, rehaussait ses lèvres, troquait son fichu de plastique contre un parapluie. Ses souliers et son sac à main avaient été cirés, pour l'occasion, elle ressortait son tailleur, râpé par endroits et qui lui donnait fière allure. Elle désirait qu'on la remarquât et, indéniablement, elle ne se distinguait pas.

Elle était fière, en particulier, quand la rue venait assister à l'arrivée de Neil Armstrong sur la lune, dans un bruit blanc et un anglais ponctué de chansonnettes, profitant de sa télévision. Voilà un grand, très grand souvenir. Tu te rends compte, tout le monde était là.

Telles les femmes d'antan, Nora gouvernait la maison. Elle préparait les repas, les tartines de Donato. Pas un jour ne passait sans qu'elle époussette ses babioles dans la vitrine, passe l'aspirateur puis la serpillère. La maison brillait du plafond aux pieds. Elle répétait avec suffisance : « Et, voyez, ça blinque ici ! » Droit devant la lucarne, elle repassait les vêtements, en ce compris les culottes, se figurant que les dames du monde n'en faisaient pas moins. Elle noyait la soupe et la menue vaisselle et, à la fin de la journée, lessivée, elle s'affalait dans le canapé. Elle cousait des écharpes, des pulls, ma cagoule rouge. D'après mes souvenirs, si ma grand-mère connaissait l'horaire des programmes sur le bout des doigts, elle ne manquait néanmoins pas de le déchiffrer dans un magazine dédié. Elle trouvait une consolation dans cette confirmation par avance d'une habitude : il y aurait tel feuilleton, ensuite encore, tel feuilleton, une émission et le journal. La vie était millimétrée et sans surprise et indéniablement rassurante, remplie d'une matière sédative sans qu'on eût à s'occuper de quoi y mettre. Ma grand-mère cuisinerait en écoutant distraitement quelque acteur se quereller, Sharon, je ne t'ai pas trompée, elle tricoterait, les yeux tout au présentateur consacrés, ses mains machinales faisant le boulot, elle lèverait les paupières au ciel ou rirait ou s'énerverait avec spontanéité de faits et de gestes étrangers. Les soirées étaient scandées par quelque drame auxquels elle participait activement : « Il est derrière, il est derrière, attention ! » Avant la fin du téléfilm, elle éteignait le poste.

Je me demande à quoi Nora s'occupait avant le téléviseur et sa lumière blanche et le choix immense de divertissements qu'il a imposé, tendu-tenu, comme un fil d'Ariane.

Josse venait parfois prendre le souper à la maison. Lui et sa femme arrivaient sur le coup de dix-sept heures. Nora les appréciait. Elle leur préparait sa spécialité, délicieuse : une potée de chou vert pressée au passe-vite avec bien trop d'ail et de beurre, accompagnée de grasses boulettes de porc et de flageolets. La cuisine débordait de casseroles, une pour chaque préparation, en vue d'éviter les mélanges, les transferts de sauce ou de légumes qui gâteraient le goût, et une à une était lavée, essuyée, rangée afin que la maison soit tout à fait présentable pour les invités. À l'heure dite, les fourchettes léchaient les assiettes. Le cliquètement des couverts couvrait le tic-tac de l'horloge. Le temps, toujours, tic-tac, tic-tac...

« Je vous ressers, m'sieurs-dame ?
– Volontiers.
– Aussi, oui, tout pareil.
– Merci. »

Et la mangeaille riche se terminait par un fruit frais, pour que chacun gardât une santé vaillante.

Et Nora enfilait des gants, récurait les plats. Et elle songeait qu'il lui fallait encore passer le torchon, et elle s'écroulait dans le divan de damas...

Je sais son dénuement et son manque de temps pour apaiser les chagrins de ma mère.

Ce n'est pas grave. Maria fut une enfant modèle, travailleuse et taiseuse.

Belge, elle se fondit comme n'importe quel autre petit Belge dans son paysage.

Elle grandit dans la parfaite ignorance des choses italiennes. La langue de son père demeure pour elle un silence.

Pendant que Nora tricotait des affaires, avant qu'il ne fasse fin sombre, les beaux jours, Donato sortait une chaise devant la maison. Il filait des *taralli* à la fillette sur ses genoux, lisait un peu le dictionnaire puis observait le ciel, les environs. Il embrassait Maria. Il la serrait avec force et tendresse. Il plongeait le nez obtus dans les cheveux de sucre. C'est un moment d'une douceur féroce, d'une douceur brusque. Maria goûtait le bonheur le plus pur, celui dont il est difficile de se remettre. Riche de la sorte, fortunée de la sorte, elle s'abandonnait au sommeil. Durant ces moments calmes, je crois que Donato sentait : l'agitation, la systole, réduction du monde dans le cœur qui s'ouvre, et l'aorte délivrer l'oxygène, former des étincelles, de vie, de rien, de vie quand même, couler son sang pelé, joyeux, fragile, fragile avec excès. Ce n'est pas peu que cet exercice biologique. Donato existait.

Si la vie doit se résumer à un point, à un soir décalqué tous les soirs, si un seul souvenir est rappelé à la mémoire, peut-être s'agit-il de celui-ci.

Dans une autre vie, Donato sera retraité de la mine. Les collègues le regretteront. Ils le méjugeront, parfois, le rencogneront mal dans la figure du bourgeois. Ça dépasse. Le mineur se fera tantôt peintre en bâtiment tantôt ouvrier boulanger. Les habitants voisins du magasin de la chaussée de Fleurus, pourront se remplir du petit effluve des *foccacias* corroyées par un artiste, à chaque aube renouvelée. Bien sûr, la vie n'était pas finie.

Et puis les feuilles déchoient vite. Donato s'installera sur sa portion de trottoir et la chair de sa chair, une fillette aux cheveux sombres et filasse se blottira contre lui en suçotant des *taralli*. Pour contenter ses supplicateurs yeux verts, il racontera le griffon ou sa moitié d'aigle encore vivante, cruelle et attendrie. J'ai, dans ma boîte à souvenirs, une photographie rendant compte de la quiétude, cet état parfait dans lequel je flottais, assise sur les jambes de mon grand-père, devant la maison. Si je m'approche de ce nirvana, ce nirvana discret, subtil, j'éprouve de la peine. Je sens concrètement vibrer mon thorax et la peau de mes bras. Je réalise à l'instant : je n'ai jamais été aussi bien que là, je n'ai jamais été aussi bien, pour moi, c'est-à-dire couverte entière de bras et de délicatesse et de calme. C'était ma place.

Dans une tout autre vie, décidément, Donato se serait raconté comme on raconte des histoires. Il aurait évoqué Cisternino, la campagne apulienne, ses amours, le départ, la mine et ses joies. Il aurait mélangé le faux, le vrai parce que les souvenirs sont cette confusion des événements, des épisodes, de notre perception de ceux-ci, et de nos sentiments et de nos illusions. Maria aurait su quelque chose, Nora aurait su quelque chose. Donato n'aurait pas tu ses croyances, ses espoirs, ses réclamations, ses fantasmes, ses déceptions, aussi réels que les objets matériels.

8

Recettes

Je lis les livres de cuisine comme des livres de souvenirs. Page 89 : confiture à la rhubarbe, tarte à la rhubarbe, gratin de – qu'y a-t-il dans cette rhubarbe d'autre que celle-ci ? Les empans contenus d'un jardinet, derrière la maison, les doigts gantés du père arrachant les tiges bonbon, les doigts méticuleux du père toujours, disposant sur la pâte la plante préalablement lavée, effeuillée, défibrée, coupée en lamelles, pendant que le nez picote et que l'enfant à ses côtés dose dans un bol le sucre, les œufs, le regard de son aîné et touille avec maladresse, fierté. Page 18 : ratatouille. Salmigondis. Qu'est-ce que tout cela signifie ?

Page 1 du carnet sale. J'ai répété sans son assurance chacun des gestes précis de mon grand-père : enlevé la bague, pelé, bouilli les pommes de terre, frotté la table à la lavette, saupoudré la farine, mélangé purée et poussière, ajouté le sel, sans doute pas assez, un rien d'eau, un œuf, pétri, observé la fusion des ingrédients sous mes mains, de moi avec Donato, avec Lucia, réfléchi au croisement de nos souvenirs, à la tradition, du latin *tradere*, transmettre, imaginé Lucia dans sa cuisine malaxant la pâte, et Donato à côté d'elle. J'ai pensé à l'emboîtement du temps et des générations, revu Donato dans sa cuisine orange, à lui. J'étais sur ses genoux, j'avais le bout des dents couvert de pape. Mon grand-père farinait encore le formica, roulait avec les doigts des rondins, découpait, fabriquait, striait les coquillages courbes et parfaitement identiques dans le creux d'une fourchette, et recommençait l'opération quand il n'était pas satisfait, et recommençait l'opération jusqu'à ce qu'il ne reste rien de la préparation. Il faisait ce geste : transmettre. Il faisait ses flexions : transmets, transmis. Cuisson à l'eau chaude, trois minutes, relever les coquilles pleines à l'écumoire, les disposer dans n'importe quel plat et, afin qu'elles ne collent pas, naturellement, verser la sauce, remuer, poivrer, noyer de parmesan, couper plusieurs grands pétales de basilic. Emporter le souvenir.

Sur le chemin de la maison de repos, il pleut et je ne suis pas maussade. J'appréhende le jugement de mon grand-père mais occulte le fait que, la langue vide, il n'en aurait en principe pas. Ma mère pense : « C'est une bonne idée, ce repas. » Dans le couloir bleuet, je crois qu'il n'est franchement pas absurde d'apporter des gnocchis à son grand-père dans un mouroir.

Nous nous installons dans la salle commune, au décor pauvre et utilitaire. Je suis un peu nerveuse en réchauffant le pyrex. Ma mère protège la chemise de mon grand-père, au moyen d'une bavette. Elle glisse sa chaise, gauche-droite, gauche-droite, dans l'axe de ses couverts et il s'empare de sa fourchette, la porte à ses lèvres – geste évident pour qui ne tremble pas, pour qui la dopamine ne s'évanouit pas. Donato croque le vide ; d'humeur joueuse, je lui demande, « alors, c'est bon ? », et la conscience à mi-chemin il me répond : « Tu te moques, toi ! » Puis ma mère sourit en servant les assiettes et la chronologie est imparable. Prévenante, la fille regarde si le père parvient à mâchonner, avaler sans s'étrangler – oui, sans souci. C'est un bon jour. Après de lentes bouchées, je me lance : « Et donc, c'est bon ? » ; « Zont une belle forme. Plus de sel la prochaine fois, mon *tesoro*. »

C'est le désordre dans la salière en forme de matriochka, les grains s'agitent et Donato s'agite. Si je dé-nomme la pièce, le lieu : c'est un élysée.

9

Addendum

À la fin, la langue s'avale. À la fin, le cœur mystérieux pend sous la terre tenace. Et sous la pluie, les images fondent. Et je regarde mes mains jeter des camélias sur le couffin final, faute de bougainvilliers.

(à Donato)

*

* *

Sources, au sens large et ainsi parfois lointaines, mais non-exhaustives, suivant un ordre aléatoire :

Donato, qui fut le grand-père de quelqu'un, mes grands-parents maternels, et personnels, *J'arrive où je suis étranger*, d'Aragon, avec la voix de Ferrat, scandant depuis le tourne-disques, dans la maison de bois – le cœur change avec le chardon, tout est sans rime ni pardon –, son absolu, *La langue vulgaire*, de Pasolini (La Lenteur, traduction de Felicetti Ricci), *L'œuvre ouverte*, d'Eco (Points, traduction de Chantal Roux de Bézieux, avec le concours d'André Boucourechliev), les conseils d'un certain libraire *ad vitam*, *Les fiancés*, de Manzoni (Le Chemin vert, traduction d'Armand Monjo), *Ma vie de brigand*, de Carmine Crocco (Anacharsis, traduction de Laura Brignon), en écrivant, j'ai eu sans le vouloir en tête des images, que je n'aurais pas eues sans Giono, et le sentiment intime du lyrisme comme béquille, j'ai pensé aussi à la ponctuation de Gadda, et à des visages de visages, de Levinas, des dictionnaires, *Bergère des collines*, de Florence Robert (Biophilia, Corti), *Le Sens de la merveille*, de Rachel Carson (Biophilia, Corti, traduction de Bertrand

Fillaudeau), *Daphnis et Chloé*, de Longus (Libretto, traduction de Jacques Amyot, révision de Paul-Louis Courier), et de Chagall et de François Gérard, des photographies glanées comme des fleurs, ici et là, et notamment dans les ouvrages collectifs *Le Roton : dernier charbonnage de Wallonie* et *L'héritage des gueules noires – de l'histoire au patrimoine industriel* (Archives de Wallonie, fondées par les photographes Bernard Bay, Jean-Luc Deru et Véronique Vercheval), des mots et une idée de la phonétique du cistranais, grâce à Vincenzo Punzi, des musées, *Lui et moi*, de Ginzburg (*in Les petites vertus*, Ypsilon, traduction d'Adriana R. Salem), quelques empans d'un jardin de plantes aromatiques, derrière la maison fermée, des injustices, des paysages, pierres cistranais encore, puis drômois, ou vauclusiens, la frontière difficile à tracer, une cabane pétrée, sur la colline, l'antique rêverie d'une transhumance dans le Vercors, des aquarelles, et celle d'un homme-tronc s'en allant courbé, déterminé ou triste, le balluchon sur l'épaule, des lois, *Le Centaure*, spécialement, et tous les morceaux absurdes et délicieux de Juan Rodolfo Wilcock (*in Le stéréoscope des solitaires*, L'Imaginaire, Gallimard, traduction d'André Maugé), qui ont inspiré la fable du griffon, *Le charbon dans les veines : épisode 4 – Efisio*, de Catherine Tonero (Radio RTBF La Première), la parole de Bertrand Bartz, en particulier, recueillie dans *La parole ouvrière*, de Marion Thiba (France Culture), les péripéties de *Giufà*, et celui de Sciascia (*in Œuvres complètes*, Tome I, 1956-1971, Fayard, édition établie par Mario Fusco), *La neige noire d'Oslo*, de Luigi Di Ruscio (Anacharsis, traduction de Muriel Morelli),

Magia Lucana, de Luigi Di Gianni, des extraits de *Sud e magia – In ricordo di Ernesto De Martino*, de Claudio Barbati, Giancarlo Mingozzi, Annabella Rossi, *Le Christ s'est arrêté à Eboli*, de Carlo Levi (Folio, traduction de Jeanne Modigliani), le poème *Sempre nuova è l'alba*, de Rocco Scotellaro, et les débuts de son entreprise, ses questions aux *Contadini del Sud*, puis *Sur les traces du diamant noir : histoire du bassin minier franco-belge*, de Thierry Demey (Guides Badeaux), les travaux d'Anne Morelli et d'Éric Geerkens, historiens belges (et ce n'est pas tout, naturellement, mais puis-je ajouter, le tram 8, mon vélo, et celui qui parle tant et si bien et a la dernière lettre – P.)

TABLE

Couverture composée par Y.-My Nguyen
et achevé d'imprimer sur les presses
de Présence graphique à Monts
en octobre 2023